Cem Özulus

Fahrtwind

Mit dem Klapprad
von Rio bis nach Kanada

wenn nicht jetzt

»Fahrtwind – Mit dem Klapprad von Rio bis nach Kanada«
von Cem Özulus

1. Auflage 2021
Wenn Nicht Jetzt-Verlag, Höhenweg 10, 56767 Lirstal

Lektorat & Korrektorat: Ramona Pingel | silbentaucher.de
Grafikdesign & Satz: Marie-Katharina Becker | wolkenart.com
Bilder: Alle Bilder dieses Buchs sind privat und die Rechte liegen beim Autor.

Verlag: Wenn Nicht Jetzt-Verlag, Höhenweg 10, 56767 Lirstal
Druck: Amazon Media EU S.à.r.l., 5 Rue Plaetis, L-2338, Luxembourg
ISBN Print 978-3-947824-44-1
ISBN eBook 978-3-947824-45-8

Bibliografische Information der Deutschen Nationalbibliothek:
Die Deutsche Nationalbibliothek verzeichnet diese Publikation in der Deutschen Nationalbibliografie; detaillierte bibliografische Daten sind im Internet über http://dnb.d-nb.de abrufbar.

Für Fragen und Anregungen:
mail@wenn-nicht-jetzt.de

Informationen zu diesem und zu weiteren Büchern aus dem Wenn Nicht Jetzt-Verlag findest du unter www.wnj-verlag.de.

Inhalt

Abschied

»Kreditkarte, Reisepass, Handy.« Dann zähle ich sie erneut auf. Immer und immer wieder. Wie oft ich das tue und vor allem wie lange, kann ich nicht sagen. Wahrscheinlich, nein sogar sicherlich, bis ich aus der Tür laufen und sie hinter mir zuziehen werde. Vielleicht sollte ich die drei Sachen gleich in die Tasche stecken? Nein, lieber nicht. Denn ich weiß, dass ich sie sofort wieder hektisch suchen werde. Dann lieber auf die Kommode legen, sie herunterbeten und kurz vor dem Verlassen der Wohnung einstecken. Mich zu konzentrieren, fällt mir schwer.

Es ist 3:30 Uhr in der Früh. Im Flur meiner Wohnung packe ich die letzten Sachen in den Rucksack. Vermutlich habe ich nicht mehr als ein oder zwei Stunden geschlafen – auf der

Wohnzimmercouch. Denn vor einigen Stunden breiteten sich auf meinen 60 qm die neuen Mieter aus. Samt Einrichtung übernahm das junge Pärchen die Zimmer, die ich acht Jahre lang mein Zuhause nannte. Hier bin ich nur noch Gast. Ein Gast, dem man für ein paar Stunden erlaubt hat, sich in der Wohnung aufzuhalten.

Während sie hinter der verschlossenen Schlafzimmertür ihre erste Nacht verbringen, verfalle ich ins Träumen, würde mich in diesen Räumlichkeiten am liebsten so bewegen, als wär das alles gar nicht passiert. Das Schlafzimmer betreten, die Schlafsachen anziehen, ein spannendes Buch schnappen und mich in mein gemütliches Bett schmeißen. Doch das geht ja nicht mehr. Also konzentriere ich mich auf die letzten Gegenstände auf der Packliste, lasse mir alles Wichtige noch mal durch den Kopf gehen. Aus Rücksicht auf die neuen Mieter, die sich erst am späten Abend schlafen gelegt haben, bewege ich mich nur langsam, um jeglichen Lärm möglichst zu vermeiden. Fast in Zeitlupe falte ich Plastiktüten, schließe Reißverschlüsse und ziehe mich an. So wie es sich für einen höflichen Gast eben gehört. Wehmütig blicke ich ein letztes Mal in die anderen, mir noch zugänglichen Räume. Erst die Küche, dann das Wohnzimmer. Anschließend schultere ich den vollgepackten Rucksack. Alles, was ich von nun an brauchen werde, befindet sich darin. Alles für die nächsten Monate, vielleicht Jahre. Das ist mein neues Leben, gepackt in einem einzigen Rucksack. Ich lege die Schlüssel auf die Kommode, stecke meinen Geldbeutel samt Kreditkarte, Handy und Reisepass ein, verlasse die Wohnung und ziehe die Tür hinter mir zu. Nun ist es endgültig besiegelt. Keine Schlüssel mehr! Keine Wohnung mehr! Plötzlich bin ich den Tränen nahe, fühle mich entwurzelt. Allein. Einsam. Meine Hand möchte die Klingel betätigen, die neuen Mieter wecken, meine Entscheidung korrigieren, sie rückgängig machen. Doch dafür ist es jetzt zu spät. Was sollte ich außerdem zu all den Menschen sagen, von denen ich mich in den letzten Tagen und Wochen verabschiedet habe?

»Ich habe es mir doch anders überlegt« oder »Es war eine dumme Idee. Ich schaffe es nicht. Ich habe Angst.« Das ist so typisch für mich: Wie so oft hatte ich mal wieder einen verrückten Einfall gehabt, dann sofort Gott und die Welt in Kenntnis gesetzt, um erst jetzt, wo es so weit ist, mir tatsächlich über die Konsequenzen klar zu werden. Nun stehe ich mitten in der Nacht im kalten, dunklen Treppenhaus und frage mich, ob ich dieses Mal nicht vielleicht meinen Mut überschätzt habe. Bin ich womöglich einen Schritt zu weit gegangen?

Ich kann keine Gedanken zu Ende denken. Sie überschlagen sich, werden durch immer neue unterbrochen. Organisatorische Dinge im Kopf funken meinen Emotionen dazwischen und umgekehrt, obendrein die Müdigkeit. Ein kurzer Blick auf die Uhr verrät, dass ich mich beeilen muss. Dann gehen meine Beine die Treppen hinunter. Doch das Herz – mit all den erlebten Erinnerungen – lasse ich vor der Wohnungstür zurück.

Angekommen im zweiten Stock klopfe ich nur zögerlich an Annas Wohnungstür, meiner langjährigen Nachbarin und zugleich guten Freundin. Sie wollte, dass ich mich noch mal von ihr verabschiede. Gestern haben wir noch gemeinsam zu Abend gegessen, gescherzt und gelacht. Doch jetzt ist mir nicht danach. Im Halbschlaf und mit zerzausten Haaren öffnet sie die Tür und umarmt mich. Ich drücke sie ganz fest, möchte sie nicht loslassen. Insgeheim wünsche ich mir, dass sie versucht, mich zu überreden, hierzubleiben, nicht zu gehen. Viel Überzeugungsarbeit müsste sie hierfür nicht aufbringen. Doch die gewünschten Worte bleiben aus.

»Ich freue mich, wenn du ab und an was von dir hören lässt. Pass bitte auf dich auf. Und melde dich, wenn du angekommen bist!«, sind ihre letzten Worte. Worte, die nach Abschied klingen, wehtun und mir das Gefühl geben, ganz auf mich gestellt zu sein. Meine Freunde, Familie und Nachbarn würde ich von nun an für eine unbestimmte Zeit nicht mehr sehen. Ich frage mich, wann ich mich jemals so allein gefühlt habe, wie in diesem Augenblick. Die Antwort ist: noch nie.

Ich verlasse das Haus und laufe die Straße zum Mietwagen hinunter. Keine Menschenseele, die mir über den Weg läuft. Kein Licht, das in den vielen Altbauwohnungen brennt. Nur die Stadt und ich. Es ist Ende Januar, die Luft eiskalt in den Straßen Schwabings, der Winter hat München fest in seinem eisigen Griff. Doch ein letztes Mal atme ich die Kälte ein, sauge sie regelrecht auf. Die Angebote von Freunden, mich zum Flughafen zu fahren, hatte ich alle abgelehnt. An diesem frühen Morgen wollte ich keinem den Schlaf rauben und die letzten Stunden lieber allein sein. Doch jetzt sehne ich mich nach ihnen, ihren Umarmungen und ein paar netten Worten.

Ich werfe den Rucksack auf die Rückbank und setze mich hinter das Steuer. Mit einem Gong warnt mich die Anzeige vor Glatteis – sie zeigt eine Außentemperatur von -11° C an. In etwa 16 Stunden werde ich in einer anderen Welt landen, bei sonnigen 30° C. Doch gerade interessiert mich das alles nicht, ich kämpfe damit, meine Gefühle unter Kontrolle zu bekommen und lasse die vergangenen Tage und Wochen Revue passieren. Viel war passiert, viele wichtige Entscheidungen wurden gefällt. Es folgten Erledigungen und unzählige Abschiede.

Nach einer monatelangen Phase der Unzufriedenheit hatte ich meinen einst geliebten Ingenieursjob an den Nagel gehängt. Der Job, in dem ich dreizehn Jahre gearbeitet und für den ich vier Jahre lang studiert hatte. Schon lange war die Begeisterung und Liebe für meinen Job in der Automobilbranche verflogen. Ich weiß nicht einmal, ob er mich jemals begeisterte oder ob ich einfach anderen nachgeeifert hatte. War es überhaupt mein Wunsch gewesen, oder der von anderen? Hatte ich vielleicht bis jetzt in meinem Leben viele Entscheidungen aufgrund von Ratschlägen meiner Familie, gesellschaftlichen Vorgaben, Planlosigkeit und der Meinung anderer getroffen? Schule, Studium, Job, Karriere … Das alles repräsentiert heute ein gelungenes, erfolgreiches und sorgloses Leben. Doch was ist mit schlummernden Wünschen und Träumen, die immer drängender und lauter werden? Wie ich mit ihnen umgehen sollte, hatte ich nicht gelernt. Keine Schule und kein Job vermittelten ihre Bedeutung und die Wichtigkeit für das Leben. Vielleicht wusste es aber auch niemand. Vielleicht war die Wahrheit irgendwo dort draußen und musste von jedem selbst erforscht werden.

Angekommen am Flughafen stelle ich das Auto ab und mache mich auf den Weg zum Check-in-Schalter. Kurz vor der Gepäckaufgabe räume ich ein letztes Mal um. Alles, was nicht an Bord geht, landet in dem großen Rucksack. Das Handgepäck fülle ich mit den nötigsten Sachen für den Flug: Zahnbürste, Zahnpasta, wichtige Dokumente und mein Notizblock. Ein letzter Check und der Rucksack landet auf dem Gepäckband der Lufthansa.

»Schönen guten Morgen«, begrüßt mich die freundliche Mitarbeiterin mit einem Lächeln. »Wo geht's denn für Sie hin?«

»Nach Rio de Janeiro«, antworte ich.

»Das ist aber ein schönes Ziel. Vor allem dürfte Sie dort jetzt der Sommer erwarten. Für wie lange?«

»Ehrlich gesagt, weiß ich das nicht … Ich habe nur einen Hinflug gebucht, es wird eher eine längere Reise. Ich werde von Brasilien nach Kanada radeln – mit einem Klapprad."

Sie unterbricht ihre Eingabe am Computer und beugt sich suchend über den Schaltertisch.

»Und wo ist das Rad?«, fragt sie irritiert.

»Oh ja, das Rad; das hole ich mir vor Ort. Die Ausrüstung ebenso. Für eine vernünftige Vorbereitung hatte ich in den vergangenen Wochen leider nicht viel Zeit«, antworte ich. Sie fängt an zu lachen. Meine Antwort klingt für sie unglaubwürdig, wie ein netter Scherz an diesem frühen Morgen.

»Das ist das Beste, was ich seit Langem gehört habe«, sagt sie, händigt mir die Bordkarte aus und wünscht einen guten Flug.

Die Reaktion der netten Lufthansa-Dame überrascht mich. Gewohnt bin ich bisher Rückmeldungen von Familie und Freunden, die allesamt sehr unterschiedlich ausfielen, und die ich nicht immer einordnen konnte. Denn schließlich blickt man nach solch großen Entscheidungen auch ein wenig auf die Reaktion des Umfelds, da die Unsicherheit größer ist als gedacht. Unbewusst suchte ich die Bestätigung für meine Entscheidung, dass ich das Richtige tue. Von »Krass! Das ist eine Wahnsinnssache!«, bis »Muss das wirklich sein?«, war alles vertreten gewesen. Meine Mutter brachte es auf ihre typische Art auf den Punkt:

»Cem! Setz dich auf deinen Hintern und hör auf mit diesen dummen Ideen. Du hast einen tollen Job, verdienst gutes Geld und dir fehlt es an nichts. Tausende, ja Millionen von Menschen wären gerne an deiner Stelle.« Damit war das Thema für sie beendet.

Meine wundervolle, liebevolle und fürsorgliche Mutter. Sie war es gewohnt, dass ich mit vielen neuen Dingen um die Ecke kam und immer on Tour war. Nach dem Studium in der Heimat, nahe Frankfurt, ging ich für den ersten Job nach Stuttgart. Es folgten weitere Stationen wie Berlin, Ingolstadt und München, allesamt Ingenieurstätigkeiten innerhalb der Landesgrenzen. Ich hätte nach Freiburg, Zwickau, Aachen oder Eisenhüttenstadt gehen können, sogar gegen eine Tätigkeit im Ausland hätte sie nichts einzuwenden gehabt. Aber eine Reise auf dem Klapprad war jetzt doch zu viel des Guten.

Gestern Abend telefonierten wir das letzte Mal. Noch immer glaubt sie, dass die Reise ein Spaß sei, um sie zu ärgern. Scherze in der Art ist sie von mir bereits gewohnt. Doch so oft und ernst ich mich auch wiederholte, sie schenkte meinem Vorhaben keinen Glauben.

»Mein Sohn, ich wünsche dir viel Spaß im Urlaub. Pass auf dich auf und auch auf deine Sachen. Melde dich bitte, damit Papa und ich uns keine Sorgen machen. Du weißt, wie nervös ich werde, wenn ich einige Tage nichts von dir höre. Ich liebe dich.«

Ich gab auf und verabschiedete mich mit:

»Ja, mach ich, Mama. Ich liebe dich auch.«

Es ist kurz vor 6 Uhr. Ich habe bereits meinen Platz am Gang in der drittletzten Reihe des großen Airbus A-340 eingenommen. Mit meinem Notizblock in den Händen blicke ich zu den Passagieren, die weiter in den Flieger hineinströmen. Diejenigen, die bereits ihren Platz gefunden haben, stöbern wie wild nach den neuesten Filmen auf den kleinen Bildschirmen vor ihnen. Wiederum andere kämpfen damit, ihr zu großes Handgepäck mit aller Gewalt in die Gepäckfächer hineinzupressen. Um diese muss sich aber heute niemand streiten: Es ist Nebensaison. Die Hauptreisezeit liegt noch in weiter Ferne und an Bord ist reichlich Platz. Ich habe sogar das Glück, dass meine Sitzreihe komplett unbesetzt bleibt.

Es laufen die letzten Vorbereitungen vor dem Abflug. Sicherheitseinweisungen, gefolgt von einem letzten Kontrollgang der Flugbegleiter:innen. Über die Lautsprecher ertönt die Stimme des Piloten, er hat das letzte Wort: »Cabin crew prepare for take off.«

Der große Vogel positioniert sich auf der Startbahn. Laut fährt er die Triebwerke hoch, beschleunigt kräftig und hebt dann ab. Es ist der Augenblick, in dem mir bewusst wird, dass das hier alles kein Traum mehr ist. Ich lasse alles hinter mir und starte ins Ungewisse. Ich habe keine Ahnung, auf was ich mich eingelassen habe, keine Ahnung, wer oder was mich erwartet. Zum ersten Mal in meinem Leben fliege ich, ohne ein Rückflugticket in der Tasche zu haben oder ein Rückkehrdatum zu kennen. Ich verspüre Heimweh. Ja genau, Heimweh. Und das jetzt schon! Ich vermisse meine Familie und Freunde, der Gedanke an sie schmerzt.

Wochenlang beschäftigten mich organisatorische Dinge und

Erledigungen. Abschiede sind mir nicht schwergefallen. Auf Annas Frage, ob ich aufgeregt sei, antwortete ich: »Nein, gar nicht. Alles ganz entspannt.« Doch nun fühle ich mich alles andere als entspannt. Aufgewühlt, unsicher wie ein kleines Kind, das kurz davor ist, zu weinen. Ich merke, wie der Stress der Vorbereitungen nachlässt. Emotionen melden sich zu Wort.

Ich klappe den kleinen Tisch vor mir auf und lege den Notizblock darauf ab. Die Seiten noch unbeschrieben, greife ich nach dem Stift. Ich möchte den Augenblick festhalten, meine Gefühle, die letzten Stunden und den Beginn der Reise. Sie ist der Grund, warum ich hier sitze. Sie ist der Grund, warum ich alles Vertraute und meine Komfortzone verlasse. Ich breche auf, um Menschen zu begegnen, ihnen zu folgen und ihnen ihre Geschichten zu entlocken. Auf unentdeckten Pfaden möchte ich mit dem Klapprad zu ihnen gelangen. Sie sollen bestimmen, wo ich hingehe. Kein Weg ist mir dabei zu weit, kein Umweg für das Abenteuer umsonst. Das Abenteuer, wonach ich seit Jahren hungere – es beginnt jetzt!

Tag für Tag war ich morgens um acht Uhr ins Büro marschiert und hatte es nach unzähligen Terminen wieder verlassen. Ich konnte nicht mehr weiter zusehen, wie ich Jahr für Jahr meine Lebenszeit gegen eine wenig erfüllende Tätigkeit eintauschte. Die Zeit, die unaufhaltsam vorbeizog, war wertvoll und unbezahlbar, kein Geld der Welt würde sie wieder zurückholen können. Irgendwann würde ich ihr vielleicht nachtrauern und mir vorwerfen, dass ich sie nicht den wichtigen Dingen im Leben gewidmet hatte. Doch was waren diese wichtigen Dinge? Wie konnte ich das in Erfahrung bringen? Wer konnte mir dabei helfen? Am liebsten hätte ich meinem 70-jährigen Ich gegenübergestanden. Ich hätte ihn gefragt, was er bereut, worauf er besonders stolz ist und was er lieber hätte sein lassen sollen. Nein, natürlich möchte ich nicht das Leben, die Erlebnisse und Ereignisse vorwegnehmen. Aber ein kleiner Hinweis, ein Wegweiser könnte manchmal durchaus hilfreich sein.

Signaltöne weisen darauf hin, dass wir unsere Flughöhe erreicht haben, das Anschnallzeichen erlischt. Ich blicke aus dem kleinen Fenster, starre auf die Wolkendecke und den blauen Himmel. In ein bis zwei Stunden werden sie alle aufstehen, ihrer Arbeit und der täglichen Routine nachgehen. Meine Eltern, mein Bruder, meine Freunde und meine Kollegen. Alles wird so sein wie immer. Nur ich werde nicht mehr da sein. Und das für eine lange Zeit.

Ich setze den Stift für die ersten Wörter im Notizblock an. Dann rollen mir Tränen über die Wange.

Bom dia, Rio de Janeiro!

Es ist früher Abend in Rio de Janeiro. Vierzehneinhalb Stunden Flug sitzen mir in den Knochen, als die Maschine auf dem internationalen Flughafen Antonio Carlos Jobim landet. Abgesehen von meiner Müdigkeit, fühle ich mich nervös, denn Rio ist nicht gerade für seine Sicherheit bekannt und das bereitet mir etwas Sorgen. Jetzt ist allerhöchste Konzentration und Aufmerksamkeit angesagt.

Als ich aus dem Flieger steige, lausche ich auf einem Ohr portugiesisch sprechenden Passagieren. Vom Klang fast schon russisch, verstehe ich aus den Gesprächen einzig »Rio de Janeiro«, damit hört es auch schon auf. Meine Hoffnung, ich könnte mich mit Spanischkenntnissen durchschlagen, löst sich bereits nach nur wenigen Sekunden in Luft auf. Spanisch, die Sprache, die auf dem südamerikanischen Kontinent dominiert, scheint wenig Gemeinsamkeiten mit der Landessprache Brasiliens zu haben. Doch ich gebe nicht auf, starte einen weiteren Versuch an der Passkontrolle. Auf die Frage des Grenzpolizisten nach dem Grund meiner Reise, antworte ich ganz selbstbewusst auf Spanisch, jedoch ohne Erfolg. Die weitere Konversation führen wir auf Englisch. Damit sind die letzten Bedenken, ob die Buchung eines Sprachkurses wirklich nötig war, aus dem Weg geräumt.

Die Sprache – wie wichtig sie doch ist und wie oft man sie unterschätzt, begriff ich auf meinen Reisen durch Argentinien und Chile. Sie ist der Schlüssel zu den Menschen, den Einheimischen. Sie öffnet Tür und Tor zu ihrer Welt, ohne sie taucht man kaum in ihr Leben ein. Ohne sie kratzt man nur an der Oberfläche des tatsächlich Erlebbaren. Wenn ich Menschen begegnen, ihre Geschichten hören will, führt kein Weg an ihrer Sprache vorbei. Ich muss sie beherrschen, andernfalls komme ich über das Level des Touristen nicht hinaus. Außerdem lehrte mich die Erfahrung, dass Sprachschulen sich bestens als Ausgangspunkt für Reisen in fremde Länder eignen. Hier trifft man nicht nur auf Gleichgesinnte, die Ähnliches vorhaben, sondern auch auf einheimische Lehrer, die Neulinge gleich zu Beginn mit wertvollen Tipps über Land und Leute versorgen. Doch bevor ich morgen mit dem Unterricht loslegen kann, muss ich es heute noch in meine Airbnb-Unterkunft schaffen.

Während ich auf das Gepäck warte, suche ich im Handy die letzte Nachricht meiner Gastgeberin heraus:

»Die Fahrt vom Flughafen zur Wohnung dauert etwa 45 Min.

Um die Zeit ist es am sichersten, wenn du ein Taxi nimmst. Am besten schicke ich einen guten Freund, der dich abholt. Er ist Taxifahrer und wird am Ausgang auf dich warten. Ah, eine Sache noch! Der Tag deiner Ankunft ist mein Geburtstag. Du bist ein richtiger Glückspilz! Dir steht eine unvergessliche Woche bevor! ;) «

Als das Gepäckförderband die ersten Koffer aus dem Schacht wirft, bemerke ich wenige Meter entfernt eine junge Frau. Mit einem Baby im Arm und zwei kleinen Kindern, etwa vier und sechs Jahre alt, neben sich, wartet sie ungeduldig auf das Gepäck. Sie kommt mir bekannt vor, doch die Person, an die ich denke, kann unmöglich hier sein. Unauffällig und mit gespielter Langeweile bewege ich mich in ihre Richtung. Langsam trete ich an sie heran, tippe leicht ihre Schulter an. »Julia?« Sie dreht sich um, schaut mich fassungslos an.

»Cem?«

Die Überraschung ist perfekt. Sieben Jahre sind seit unserem Beziehungsende und dem letzten Kontakt vergangen. Bis nach Brasilien musste ich reisen, um meiner Ex-Freundin über den Weg zu laufen. Sichtlich verwundert fragt sie:

»Was machst du denn hier?«

»Reisen! Und du? Oder besser gesagt, ihr?« antworte ich und blicke zu der fünfköpfigen Familie.

»Mein Mann ist Brasilianer und wir verbringen unseren Sommerurlaub in seiner Heimat.«

Eine Ehe und drei Kinder. Was doch alles in sieben Jahren passieren kann. Bei mir dagegen sieht die Bilanz eher mau aus, was Familie angeht. Ich frage mich, was ich eigentlich in den letzten Jahren gemacht habe …

Dann stürmen die Kinder zum Gepäckförderband und schreien: »Papa! Papa! Die Koffer kommen! Schnell! Komm mit!«

Aus dem Hintergrund eilt ein großer, athletisch gebauter Mann herbei, fischt ein Gepäckstück nach dem anderen vom Band und stapelt sie auf dem Kofferwagen. Es ist Bernhard, Julias Ehemann. Aufgeregt zählt er das Gepäck nach und trommelt alle zusammen. Während Julia und Bernhard versuchen, hektisch Gepäck und Kinder unter einen Hut zu bekommen, möchte ich sie nicht weiter ablenken und verabschiede mich.

»Melde dich doch. Und komm vorbei, wenn du noch länger in Rio bist. Wir würden uns freuen«, ruft Julia mir noch hastig nach, als ich schon Richtung Ausgang gehe.

Alles passierte so schnell. Ein paar Minuten oder vielleicht waren es sogar nur Sekunden, die wir miteinander gesprochen haben. Es war mir nicht einmal in den Sinn gekommen, nach ihrer Telefonnummer oder E-Mail-Adresse zu fragen. Vielleicht war die Überraschung zu groß oder ich einfach zu aufgeregt. Vielleicht wäre es aber auch unangebracht gewesen, neben ihrem Mann nach ihrer Nummer zu fragen. Wie dem auch sei, jetzt ist es zu spät. Nun sollte ich wieder wachsam sein und nach meinem Fahrer Ausschau halten.

Angekommen in der Empfangshalle wandern meine Blicke durch die wartende Menschenmenge hinter der Absperrung. Es ist laut, unübersichtlich. Taxifahrer rufen aufdringlich den Touristen »Taxi! Taxi!« zu. Manche rennen weg, andere verwickeln sich in Preisverhandlungen. Verständigen, feilschen, um am Ende trotzdem zu viel zahlen. Zum Glück bleibt mir dieser Teil nach dem langen Flug heute erst einmal erspart.

Schließlich entdecke ich meinen Namen auf einem Schild. Ein großer, kräftiger, von der Sommersonne Rios braun gebrannter Mann mit einer »der Bulle von Tölz«-Statur, streckt seinen Arm am höchsten. Ich steuere direkt auf ihn zu und stelle mich vor: »Hi! I am Cem!«

Freundlich grüßt er zurück und nennt seinen Namen, den ich jedoch nicht verstehe. Ich bin zu faul und müde, um noch einmal nachzuhaken. Er schnappt sich meinen Rucksack, welcher in seinen Händen wie eine Kindertasche wirkt, und läuft vorneweg zum Auto. Ich folge ihm. Auf dem Weg in die Innenstadt prasselt sein Monolog unermüdlich auf mich ein. Es vergeht eine Viertelstunde, bis er feststellt, dass ich die portugiesische Sprache nicht spreche. Mit gebrochenem Englisch fragt er daraufhin:

»Which country?«

»Alemanha«, antworte ich.

»Alemanha?? Oh, noooo!!«

Er staunt, reißt die Augen auf und nimmt beide Hände vom Lenkrad. Sieben Finger hält er in die Luft und erinnert an das 7:1 Fußball-WM-Debakel Brasiliens gegen Deutschland. Damit ist die Fahrt gerettet. Von da an verbringen wir sie damit, alle Nationalspieler beider Mannschaften aufzuzählen. Die guten Spieler krönen wir mit »very good«, die weniger guten stempeln wir mit »not so good« ab und zeigen den Daumen nach unten.

Nach etwa einer Dreiviertelstunde halten wir unweit der Hauptstraße in einer dunklen Gasse. Mit dem Finger deutet er auf ein vierstöckiges Haus.

»Here Adriana! Adriana, here!«, und hält mir zwei Finger vor die Nase, womit er mir sagen will, dass sie im zweiten Stock wohnt. Auf ein Stück Papier kritzelt er 120 Real, umgerechnet 40 Euro. Das ist alles andere als ein Freundschaftspreis. Doch wer weiß, vielleicht hat er mich vor einer noch größeren Abzocke verschont und immerhin brachte er mich sicher ans Ziel. Böse Überraschungen gleich zu Beginn wollte ich unbedingt vermeiden, denn ich habe auf früheren Reisen gelernt, dass erste kleine Erfolgserlebnisse das Selbstbewusstsein stärken. Dazu zählt vor allem, sicher am Ziel anzukommen. Ob es allerdings das gewünschte Ziel ist, lässt sich noch nicht wirklich erraten, unbeleuchtet und menschenleer erweckt die Gegend wenig Vertrauen. Ist es möglich, dass der freundliche Riese mich vielleicht in eine Falle gelockt hat? Denkbar wäre es. So fix, wie er abdampft, hinterlässt er den Eindruck, er sei auf der Flucht und müsse diesen Ort schnellstens verlassen.

Ich laufe zügig zum Hauseingang, wo ich an der Klingeltafel erleichtert Adrianas Nachnamen entdecke. Durch die offene Haustür betrete ich den Flur und fahre mit dem Aufzug in den zweiten Stock. Oben angekommen, empfängt mich laute Musik. Hinter der verschlossenen Tür wird ausgelassen gefeiert. Da fällt es mir wieder ein: Adriana hatte ja geschrieben, dass heute ihr Geburtstag sei.

Eine Geburtstagsfeier als Empfangskomitee erlebt man auch nicht alle Tage. Zudem ist es ein perfekter Start, um gleich ein paar Kontakte zu knüpfen - könnte man meinen. Jedoch hält sich meine Motivation in Grenzen. Erschöpft und müde bin ich alles andere als in Feierlaune. Mir bleibt aber keine andere Wahl. Schnell richte ich meine Haare, stelle den Rucksack ab und klingele.

Die Tür öffnet sich und eine Frau in kurzem, transparenten

Kleid mit hochhackigen Schuhen und einem Weinglas in der Hand blickt mich freundlich an. Hinter ihr erkenne ich noch mehr leicht bekleidete Männer und Frauen, die zu lauter Elektromusik tanzen. Die chirurgischen Eingriffe an Brüsten, Wangen und Lippen stechen sofort ins Auge. Mein Gefühl sagt mir, dass ich mich bei der Wahl der Klingel irgendwie getäuscht haben muss. Jetzt bloß nicht ins Glotzen verfallen. Um meine Verwunderung zu kaschieren, versuche ich mich unbeeindruckt zu verhalten.

»Ähm, ist das die Wohnung von Adriana?«, frage ich sie auf Englisch.

»Ja, das ist sie. Bist du Cem?«

»Ja! Der bin ich.«

»Heyyy! Schön, dass du da bist. Ich bin Adriana. Habe mich schon gefragt, wo du bleibst. Komm rein!«

Mit Küsschen rechts, Küsschen links und einer Umarmung heißt sie mich willkommen. Sie führt mich gleich in das große Wohnzimmer.

»Hallo Freunde, schaut mal her«, ruft sie den etwa 20 bis 30 Gästen zu.

»Das ist Cem, mein Gast aus Deutschland. Er verbringt die nächsten zwei Wochen mit uns. Seid nett zu ihm.«

Mit UNS? Wer sind diese ganzen Menschen und wo bin ich nur gelandet? Leben die etwa alle hier in der Wohnung? Ist das hier ein Hostel, oder vielleicht ein Swinger-Club? Ich fühle mich etwas fehl am Platz. Die freundlichen, gut gelaunten Gesichter grüßen mich. Sie strecken ihre Getränke in die Höhe und rufen: »Bem-vindo, Cem!« Ich antworte ihnen, indem ich schüchtern lächle und angewurzelt auf meiner Stelle wie ein Schuljunge winke.

Anschließend folge ich Adriana in das Gästezimmer.

Sie reicht mir zwei Handtücher und sagt: »Mach dich fertig. Wir ziehen gleich um die Häuser. Möchtest du einen Drink?« Adriana klärt mich kurz über das weitere Abendprogramm auf, eine Wahl habe ich wohl nicht. Eine Frage wie »Hast du Lust?« oder »Möchtest du mitkommen?« steht auch nicht zur Debatte. Vielmehr wirkt sie dominant, ja fast schon befehlerisch. Aber auf eine sympathische Art und Weise, so dass nicht das Gefühl aufkommt, als würde man herumkommandiert werden. Ich nicke und beeile mich, ins Bad zu kommen. Natürlich möchte ich als Gast gleich ein gutes Bild machen und bloß keinen Langweiler abgeben. Außerdem ist das die beste Gelegenheit, dem Motto meiner Reise gerecht zu werden, nämlich Menschen zu folgen, egal, wohin sie gehen, selbst wenn ihre Ideen sich als nicht ganz so gut herausstellen.

Adriana gibt in ihrem Airbnb-Profil an, zehn Jahre in London gelebt zu haben, was erklärt, warum sie akzentfrei und perfekt die englische Sprache beherrscht. Aber das angegebene Alter von 50 Jahren ist mir noch ein Rätsel. Mit ihrer Energie und ihrem Erscheinen wirkt sie nicht älter als 35. Hat sie sich vielleicht einfach gut gehalten oder sind es die brasilianischen Gene? Auch ein Tippfehler ist nicht auszuschließen. Dieser Sache muss ich noch unbedingt auf den Grund gehen.

Als ich nach meiner blitzartigen Dusche angezogen im Wohnzimmer auftauche, herrscht Aufbruchstimmung, die letzten Weggetränke werden gemischt. Adriana springt mir zur Seite und drückt mir ein Glas in die Hand.

»Hier Darling, das ist für dich. Es ist Cachaca, brasilianischer Rum«, sagt sie und hebt ihr Weinglas, bereit zum Anstoßen.

»Cheers! Schön, dass du da bist.«

»Cheers! Auf deinen Geburtstag, Adriana. Happy Birthday!«, gratuliere ich ihr. Anschließend lasse ich das Nationalgetränk aus Zuckerrohrschnaps den Rachen hinunterlaufen. Aus Cocktails wie Caipirinha mir bereits geläufig, koste ich Cachaca zum ersten Mal pur auf Eis. Sanft und fruchtig überrascht mich der Geschmack. Definitiv eine Erfahrung wert, dennoch ziehe ich für das nächste Mal die Cocktail-Variante vor. Ehe ich zum zweiten Schluck ansetzen kann, ergreift Adriana erneut das Kommando.

»Auf geht's, Leute! Lasst uns los!« Sie marschiert wie eine Befehlshaberin vorneweg und in bester Laune folgt ihr die singende Gruppe wie ein Karnevalszug.

Auf dem Weg zur Bar hangele ich mich von einem zum nächsten und nutze die Gelegenheit, die ersten Bekanntschaften zu schließen. Da gibt es zum einen Dorian, der mich mit seinem Pferdeschwanz und der Halbglatze an Danny DeVito aus dem Film Twins erinnert. Er stammt aus Irland, lebt als Hotelmanager auf Bali und gehört zum engen Freundeskreis Adrianas. Alljährlich fliegt er um den halben Globus, um an den Feierlichkeiten teilzunehmen. Dabei spielt es keine Rolle, wo diese stattfinden. Begeistert erzählt er von der letztjährigen Feier:

»Letztes Jahr, da feierten wir in Mailand. Das war einfach nur verrückt. Eine Woche lang nonstop Party. Es gibt sogar ein Video auf YouTube«, schwärmt er.

Eine Woche lang nonstop Party? Was bitte gibt es an einem Geburtstag eine Woche lang zu feiern? Drei Tage benötigt mein Körper daheim in München, sich nach einem Samstagabend zu regenerieren. Wenn ich überhaupt den Gang in einen Club wage.

Wie soll ich hier nur eine Woche überleben? Hinzu kommt, dass nächste Woche der Karneval in Rio beginnt. Ich meine, die eigentlichen Feierlichkeiten stehen mir erst noch bevor!

Meine Bedenken scheint Dorian hingegen weniger zu teilen. Vor einigen Stunden erst aus Bali angereist, eng umschlungen von Sarah und Virginie, freut er sich wie ein Schneekönig. Er kann es kaum abwarten, dass die Woche endlich Fahrt aufnimmt. Wie der Abend für ihn verlaufen wird, zeichnet sich allmählich ab, die beiden Mädels weichen keine Sekunde von seiner Seite. Ich nehme an, die Bekanntschaften mit Sarah, die in der Favela Vidigal lebt, und Virginie aus Paris werden wohl nur von kurzer Dauer sein.

In der Blue Agave Bar, unweit entfernt von Adrianas Wohnung, gesellt sich ein junger Mann mit Afro-Frisur zu mir. Es ist Hamilton, der dem brasilianischen Fußballspieler Marcelo von Real Madrid zum Verwechseln ähnlichsieht.

Er streckt mir eine Kippe entgegen und fragt:

»Marihuana?«

Freundlich lehne ich ab.

»Bier?«

Auch das zweite Angebot schlage ich aus. Er zuckt mit den Schultern. Tatsächlich scheint es ihm in seinem aktuellen Zustand gleichgültig zu sein. Die Augen immer kleiner, die Wimpernschläge immer langsamer, beugt er sich nach vorne und wiederholt stolz:

»15 Bier!«, deutet auf die Dose und nuschelt vor sich hin: »Rekord! 15 Bier!« Er ist fest entschlossen, diese Bestmarke heute noch zu knacken. Angeblich trennen ihn nur drei Dosen davon. Diesen Rekordversuch möchte ich nicht unterstützen, ihm aber auch nicht im Weg stehen. Ich beschließe, mich etwas zurückzuziehen, meine neue Umgebung, die neue Welt um mich herum zu beobachten. Ohnehin lassen die Begegnungen an diesem ersten Abend zu wünschen übrig. Das hat zwei Gründe: Zum einen fällt die Sprachbarriere größer aus als gedacht. Zum anderen, wie auch nicht anders zu erwarten, wird um die Uhrzeit weniger geredet. Enger Körperkontakt ist gefragt. Doch im Gegensatz zu Deutschland tauscht man hier gerne Zärtlichkeiten mit wechselnden Personen aus. Eifersucht? Streitigkeiten? Beides sucht man vergeblich. Hier scheint sich jeder zu lieben. Ob das der brasilianischen Mentalität oder meiner Gruppe geschuldet ist, kann ich zum aktuellen Zeitpunkt nicht erraten. Okay, ich gebe zu: Ein Kind von Traurigkeit bin ich nicht. Doch für das, was sich vor meinen Augen abspielt, bin ich eindeutig zu steif. Sowohl in der Hüfte auf der Tanzfläche als auch in meiner Vorstellungskraft.

Zu später Stunde verschiebt sich die Feier erneut in die Wohnung. Dorian, der mit den Abläufen bestens vertraut ist, verschwindet mit Sarah und Virginie. Eine weitere fünfköpfige Gruppe verzieht sich küssend und grabschend in das nächste Zimmer.

Mit den verbleibenden Gästen tanze ich nur halbherzig zu gefühlt 130 Dezibel lauter Musik. Worauf diese Geschichte hinausläuft, steht völlig außer Frage. Am liebsten würde ich mich jetzt in mein Zimmer verkriechen und schlafen, doch ist mir klar, wie die fünfzehn sturzbetrunkenen Menschen darauf reagieren würden, die nur noch eine Sache im Kopf haben. Außerdem dürfte es nicht lange dauern, bis die ersten an meinem Bett aufkreuzen, und wie diese Situation endet, möchte ich mir ganz und gar nicht ausmalen. Hier auf der Tanzfläche wiege ich mich eher in Sicherheit. Zugegeben, ich habe versprochen, Menschen zu folgen und mich auf alles einzulassen, doch im Kleingedruckten möchte ich dann doch einiges ausschließen. Dazu zählt unter anderem Gruppensex.

Während ich in Gedanken die Exit-Strategie konstruiere, begrabschen mich mehrere Hände. Besitzer und Geschlecht lassen sich nur schwer zuordnen. Ich versuche, mich unauffällig aus der Affäre zu ziehen, ergreife die Flucht in die Küche. Dort treffe ich Francois aus Paris, der sich gemütlich eine Kippe dreht.

»Hast du Lust auf Kokain?«, fragt er zur Begrüßung.

Noch bevor ich ihm antworten kann, stürmt Adriana verärgert in die Küche. Sie fährt mich mit erhobener Stimme an:

»Cem! Was denkst du, was diese Frauen dort draußen wollen?«, sie deutet mit ausgestrecktem Arm in Richtung Wohnzimmer.

»Ähm, tanzen?«, antworte ich verunsichert.

»Nein!! Sie wollen Sex! So funktioniert das hier. Geh bitte jetzt da raus, schnapp dir ein oder zwei Mädels und verschwinde mit ihnen in deinem Zimmer!«

Adrianas direkte Aufforderung ist so deutlich, dass ich erstarre Sie überfordert mich. Die ganze Situation, die neue Welt um mich herum, alles überfordert mich. Sprachlos stehe ich vor ihr und weiß nicht, wie ich reagieren soll. Vielleicht herrschen bestimmte Regeln in dieser Wohnung, die mir nicht bewusst sind. Noch bevor ich etwas entgegnen kann, düst sie ab. Unauffällig verschwinde ich schnell in meinem Zimmer und schließe die Tür ab. Endlich allein. Endlich Ruhe. Endlich Zeit zum Ankommen.

Das habe ich mir anders vorgestellt

Am nächsten Morgen, genauer gesagt nur drei Stunden später, klingelt der Wecker. Nur schwer bekomme ich die Augen geöffnet und den nervigen Klingelton abgestellt. Erholt habe ich mich kaum. Überhaupt fühlt es sich an, als hätte ich gerade einmal eine halbe Stunde geschlafen. Doch ich muss aufstehen, der erste Tag in der Sprachschule steht an. Inzwischen ist es ruhig geworden in der Wohnung, weder Stimmen noch Musik sind zu hören. Einzig der kaputte Ventilator auf dem Regal meinem Bett gegenüber macht sich quietschend bemerkbar. Er schiebt die angestaute, drückende Hitze in dem winzigen, fensterlosen Zimmer von der einen in die andere Ecke.

Schweißgebadet liege ich noch im Bett; den nackten Rücken an die Wand gelehnt, hoffe ich, etwas Abkühlung zu finden. An der Unterseite des viel zu kurzen Bettes drücken meine Füße gegen eine Holzwand. Einmal kräftig durchgestreckt, würde ich sie sehr wahrscheinlich durchbrechen. In der Breite sieht es nicht unbedingt besser aus. Bei seitlich ausgestreckten Armen fehlen nur zwei bis drei Handlängen, um gegenüberstehende Wände gleichzeitig zu berühren. Der Begriff »Zimmer« ist doch recht euphemistisch für diese kleine Gefängniszelle, in welcher Liegen nur in Embryo-Stellung möglich ist. Ich starre die Decke an und rufe mir die Internetbilder der Unterkunft in Erinnerung. Alles wirkte deutlich ansprechender. Alles erweckte den Anschein, geräumiger zu sein. Ich hätte mir denken müssen, dass bei diesem Preis die Sache einen Haken haben muss. Wieso um Himmels Willen ist diese Unterkunft so überdurchschnittlich gut bewertet? An dem Schuhkarton, in dem ich mich befinde, kann es sicherlich nicht liegen.

Ich öffne die Zimmertür. Auf der Bettkante sitzend schiebe ich meinen Rucksack mit den Füßen in den Gang, um mir etwas Stehplatz zu verschaffen. Hinter der winzigen Tür am Fußende des Bettes entdecke ich das versprochene Bad. Hier hat sich tatsächlich jemand die Mühe gemacht, auf einem Quadratmeter einen Dusch-Toilette-Mix unterzubringen. Mit dem Duschkopf direkt über der Kloschüssel birgt diese ganze Konstruktion Potenzial für den Nobelpreis und ihre Benutzung womöglich eine oscarreife Vorstellung. Ich beschließe für heute einem Experiment aus dem Weg zu gehen und wie gestern Abend das Hauptbad am anderen Ende der Wohnung zu benutzen.

Mit leisen Schritten schleiche ich zunächst in die Küche.

Hier türmen sich leere Pizzakartons, Bier- und Wodkaflaschen, wohin das Auge reicht. Im Wohnzimmer schlummern Joao und Hamilton auf dem Sofa. Andere schnarchende Gäste schlafen auf dem nackten Holzboden. Der Geruch von Marihuana liegt in der Luft. Kokainreste, benutzte Taschentücher und halbleere Whiskey-Flaschen auf dem Esstisch lassen meinen Appetit auf Frühstück verfliegen. Hinter Dorians Tür stöhnen und mühen sich mehrere Personen in einer scheinbar unübersichtlichen Situation ab, zum Höhepunkt zu kommen. Ich schenke dem Ganzen keine Aufmerksamkeit, denn schließlich scheint das alles hier der Normalzustand zu sein und ich sollte mich allmählich an mein neues Umfeld, das neue Leben gewöhnen.

Ich verlasse die Wohnung und navigiere mich mit dem Handy durch die Straßen des gehobenen Viertels Rios zur Sprachschule »Ipanema«. Europäisches Flair, Hektik und starker Verkehr sind meine ersten Eindrücke. Auf meinem Weg komme ich an gut besuchten Cafés und Bäckereien vorbei, doch statt Croissants, Brezeln oder Brötchen stehen Käsebällchen und Acai-Bowls zur Auswahl. Ziemlich schwere Kost nach diesem turbulenten Start. Damit streiche ich das Frühstück für heute endgültig vom Speiseplan.

Hinter der nächsten Abbiegung gerate ich versehentlich in ein Polizei- und Militäraufgebot, welches den Zugang zu einem Aufzug abriegelt. Allem Anschein nach verbindet dieser Ipanema mit einem höher liegenden Stadtteil, der Favela Cantagalo. Jene Favela, von der Adriana berichtete, dass es die dortigen Jugendlichen zur Karnevalszeit auf Touristen abgesehen hätten. Nicht selten werden sie durch Raubüberfälle ihre Wertsachen los, die ihren Weg in die Favelas finden. Um nicht gleich zu Beginn Teil dieser Statistik zu werden, beschließe ich, das Handy einzustecken und das letzte Stück ohne Navigation zurückzulegen.

Nur wenige Hundert Meter weiter erreiche ich auch schon die Sprachschule. Ein gewohntes Bild empfängt mich gleich: Deuter-Rucksäcke, verziert mit gelben Plastikrosen, Globetrotter-Trinkflaschen, Bauchtaschen und Flip-Flops lassen die Herkunft der beiden Studentinnen nur unschwer erraten. Gemeinsam lande ich mit meinen Landsleuten in der Gruppe »Basiswissen Portugiesisch«. Die Anfängergruppe dürfen wir überspringen.

Zum Auftakt klärt uns die Lehrerin auf, dass Spanisch und Portugiesisch sich zu 60 % den Wortschatz teilen. Das Geschriebene lässt auch keine Zweifel daran, doch die Aussprache unterscheidet sich dagegen wie Tag und Nacht. Vor allem ist es dem Rio-Dialekt, genannt Carioca, geschuldet, dass nahezu kein Wort wiederzuerkennen ist. Im Süden des Landes stünden die Chancen besser, sich auf Spanisch zu verständigen, erzählt sie. Da ich aber nicht in den Süden, sondern nach Norden reise, bringt mir das herzlich wenig. Also lasse ich mich auf die Wortschlacht ein, bei der die Lehrerin mühevoll versucht, jedem Einzelnen seine Spanischkenntnisse raus zu quetschen und sie umzuprogrammieren. Doch das klappt an diesem ersten Tag nur bedingt. Denn einmal Spanisch im Kopf, enden die Ausflüge ins Portugiesische in einem Sprachgulasch. Bon apetito! Das hatte ich mir einfacher vorgestellt.

Nach qualvollen vier Stunden ergreife ich schnurstracks die Flucht an den berühmten Strand Ipanema. Ich will wissen, was Ipanema zu Weltruhm verholfen hat, was ist das Besondere an diesem Fleckchen Erde? Nun, mein erster Eindruck ist eher ernüchternd. Überfüllte Strände mit Touristen, Einheimischen, Dosensammlern und Bierverkäufern. Auf der Promenade tummeln sich Oben-ohne-Rollerblade-Fahrer, Skater, Tänzer und Pumper, bei deren Anblick mir meine Oberarme ziemlich schmal vorkommen. Man könnte meinen, ich sei in Venice Beach oder Santa Monica gelandet. Hier heißt das Motto: Sehen und gesehen werden. Und zu sehen gibt es einiges. Neben den zur Schau gestellten Muskeln herrscht unter dem weiblichen Geschlecht ein regelrechter Wettbewerb, wer am auffälligsten seinen Körper präsentiert. Baden gehört hier definitiv zur Nebensache. Stattdessen tanzt man zur Musik aus Bluetooth-Lautsprechern, schlürft Caipirinhas und spielt Footvolleyball. Doch es hängt stark davon ab, an welchem Strandabschnitt man seine Liege aufklappt. Bademeister-Türme, genannt Postos, teilen den Strand in Abschnitte ein. Jedes Posto besticht durch seine besondere Atmosphäre. Zu den beliebtesten unter dem jungen Publikum scheinen Posto 9 und 10 zu gehören. Alternativ angehaucht hat der Alkoholpegel hier einen deutlich höheren Level vorzuweisen als woanders. Doch zwischen all dem Getümmel blitzt die starke Militärpräsenz in voller Montur immer wieder auf und lässt keine Zweifel daran, dass dieser Ort auch seine Schattenseiten hat. Vor allem Posto 1 und 2 sollte ich unbedingt meiden, klärten mich meine Mitschüler auf, denn sie wären bekannt für ihre Überfälle. In Rio gehören diese zur Tagesordnung. Joao, Hamilton und Adriana berichteten, dass sie nicht wenige Male Opfer von Raubüberfällen wurden. Ein teures Handy legen sich die meisten hier gar nicht erst zu. Egal, ob auf der Straße, in Bus, Bahn oder Metro – die Gefahr lauert zu jeder Tageszeit und überall.

Zurück in der Wohnung treffe ich Adriana, ihren Freund Michael und einige aus der Gruppe konzentriert vor ihren Laptops sitzend. Eine unerwartete Szene nach den gestrigen Ereignissen. Aber tatsächlich arbeiten sie an der Herausgabe eines lokalen Magazins. Interviews mit Berühmtheiten aus Rio, Empfehlungen für Cafés, Restaurants und anstehende Veranstaltungen sollen die Inhalte der ersten Ausgabe sein. Wahrscheinlich auch die der folgenden. Nervös kaut Adriana an ihren Fingernägeln, wandert mit ihren Blicken durch das Zimmer und bleibt schließlich bei mir hängen:

»Wolltest du nicht mit einem Klapprad von Rio nach Kanada reisen?«, fragt sie aufgeregt, als hätte sie gerade den perfekten Einfall gehabt.

»Ja, das ist korrekt«, antworte ich zögerlich und gespannt, was wohl als Nächstes folgt. Irgendwie habe ich gänzlich verdrängt, dass ich mir noch ein Klapprad zulegen muss, dabei will ich in weniger als zwei Wochen aufbrechen. Doch wie und mit welcher Planung das geschehen soll, steht noch völlig in den Sternen.

Dann wendet sie sich an Michael:

»Kannst du bitte für den Sportteil das Interview mit Cem führen und die Bilder auf dem Klapprad schießen?«, befiehlt sie ihm.

Wie bitte? Habe ich das gerade richtig gehört? Ich soll mit meiner Geschichte den Sportteil des Magazins füllen? Womit denn nur? Dass ich weder im Besitz einer Ausrüstung noch eines Fahrrads bin, scheint sie kaum zu interessieren. Wie soll denn bitte der Titel lauten? Etwa: »Der Klappradreisende ohne Klapprad«? Doch Adriana gibt hier nicht nur den Ton an, sie steuert für jede Situation auch gleich einen pragmatischen Lösungsansatz bei.

»Hier um die Ecke gibt es einen Fahrradladen. Für ein paar Stunden leihen wir ein Fahrrad aus, irgendein Klapprad werden sie sicher haben. Wir schießen die Bilder und machen das Interview.« Sie strahlt erleichtert und feiert sich für ihre Idee. Zugegeben, die Idee ist hervorragend. Sie könnte mich womöglich auch zum gewünschten Klapprad führen.

Der neue Freund

Am nächsten Tag eile ich im Anschluss an den Sprachunterricht nach Hause. Gemeinsam mit Michael wollen wir los, um ein Klapprad aufzutreiben. Doch angekommen in der Wohnung herrscht Hektik und Aufbruchstimmung, Adriana ist wieder einmal ganz in ihrem Element. Aufgelöst delegiert sie die Arbeitsgruppe, die gerade aus der Tür läuft.

»Schau bitte, dass du jede Menge Bilder aus verschiedenen Perspektiven schießt. Und achte auf das Licht!«, ruft sie Michael hinterher, der bereits genervt im Aufzug steht.

Dann wendet sie sich an Kristin and Hamilton:

»Also, wie besprochen: Einer stellt die Fragen, der andere zeichnet auf. Genau wie wir es besprochen haben. Verstanden?«

Beide nicken, ohne zu widersprechen. Sie wirken alles andere als motiviert. Adriana mag auf den ersten Blick tatsächlich autoritär erscheinen, doch eigentlich ist sie eine gute Seele mit großem Herzen. Denn wenn mal etwas Ruhe einkehrt, lässt sie keine Gelegenheit aus, Freunden und Kollegen ihre Anerkennung und Liebe zu zeigen. Ich würde sagen, sie ist ein wenig wie eine Mutter für die ganze Gruppe – mal schimpft sie, mal liebt sie. Seit Monaten beherbergt sie Joao, Hamilton und Sara, die eigentlich in Favelas leben, bei sich zu Hause. Die drei unterstützen Adriana bei gelegentlichen Arbeiten für das Magazin. Im Gegenzug gewährt sie ihnen eine sichere Bleibe mitten im gehobenen Viertel Rios.

Während ihre letzten Wünsche und Vorstellungen auf Kristin und Hamilton einprasseln und ich die beiden fast aus den Augen verliere, grätsche ich dazwischen:

»Wohin gehen die denn?«, frage ich neugierig.

»Sie fahren in die Favela Vidigal, für ein Interview mit Phellipe Haagensen.«

»Wer ist Phellipe Haagensen?«

»Ein Schauspieler. Er spielte die Rolle Benny im oscarnominierten Film ‚City of God'. Hast du den gesehen?«

»Ja, klar!«, rufe ich begeistert und frage, ob ich die Gruppe begleiten darf.

»Von mir aus. Sag einfach, dass du von der internationalen Presse wärst. Und halte dich im Hintergrund.« Ich stürme die Treppen hinunter, um zur Gruppe aufzuschließen.

Die Idee, in die Favela zu gehen, war von Anfang an in meinem Kopf. Das anzusprechen traute ich mich allerdings nicht. Allein hineinzulaufen gleicht wohl einem Himmelfahrtskommando, wenn ich den Geschichten Glauben schenken kann. Selbst für Einheimische sei der Gang in die Armenviertel viel zu gefährlich. Doch in einer Gruppe von Einheimischen erscheint es mir als einigermaßen sichere Option, die ich mir nicht entgehen lassen will. Allen voran mit Hamilton an meiner Seite, der in der Favela groß geworden ist. Mit Handzeichen und einfachen Begriffen klärt er mich während der Taxifahrt über das richtige Verhalten auf:

»No photo please«, lautet sein erster Rat und ist selbsterklärend.

»And no look«, reißt er für den zweiten seine Augen auf. Soll heißen, dass ich nicht gaffen soll.

Dann winkt er mit dem Handy und sagt: »No money. No gold.« Die Erklärung bedarf schon mehr Kreativität und zielt wohl auf die Wertsachen ab. Mit Kamera, Handy und Bargeld ist meine Ausrüstung alles andere als favelatauglich. Schließlich ist es auch zu spät zum Umkehren. Also stopfe ich alles in meine Beuteltasche und hoffe, dass nichts passiert.

Am Eingang zur Favela Vidigal winkt uns die Polizei durch. Unser Taxifahrer ruft alles ab, was der klapprige Renault hergibt. Er rast durch die schmalen, engen Gassen der dicht besiedelten Wohnsiedlung den steilen Berg hinauf, als würden Lewis Hamilton und Mika Häkkinen ihm im Nacken sitzen. Mit großer Freude stellt er seine Talente zur Schau. Meine Freude dagegen hält sich in Grenzen. Was hat dieser Mann bloß eingeworfen?, frage ich mich und bete, dass das alles ein glückliches Ende nimmt. Fotografieren oder Gaffen wäre ohnehin nicht im Bereich des Möglichen bei dieser Zeitraffer-Fahrt, im Bruchteil einer Sekunde ziehen die Gesichter der Menschen auf den

Straßen an mir vorbei. Eine Favela-Besichtigung habe ich mir dann doch etwas anders vorgestellt. Immerhin schaffen wir es unversehrt zu Phellipes Grundstück, welches sich am Gipfel der Siedlung befindet. Endlich Zeit für meinen Kreislauf, sich zu erholen.

Herzlich empfängt uns Phellipe gemeinsam mit seinem Onkel, Paolo Cesar. Wir folgen ihnen in den beeindruckenden, sattgrünen und regenwaldähnlichen Garten, in dem Kristin unsere Gruppe in fließendem portugiesisch vorstellt. Sie gehört zu Adrianas engen Freunden, seit zwei Jahren lebt sie in Rio, stammt aber ursprünglich aus Norwegen. Mich präsentiert sie als Vertreter der internationalen Presse aus Deutschland. Meine Rolle gefällt mir, für einen kurzen Augenblick fühle ich mich wichtig. Aber auch nur kurz. Mit ernster Miene nicke ich freundlich, krame meine Kamera aus der Tasche heraus und schiele zu Hamilton hinüber. Ich will mich vergewissern, dass auf dem privaten Gelände nichts gegen ein paar Bilder spricht. Er zwinkert mir zu. Hier bin ich sicher. Anschließend begleiten wir Phellipe durch die Anlage, die einen atemberaubenden Blick auf den Strand von Ipanema, die unzähligen Inseln und Hügeln der Stadt bietet. Dem Rundgang folge ich mit einem Sicherheitsabstand, sodass weder Phellipe noch Onkel Paolo auf die Idee kommen, mir eine Frage zu stellen. Bloß jetzt nicht an der Sprachbarriere scheitern und auffliegen, denke ich mir. In kurzen Sprechpausen fasst Kristin für mich den Inhalt des Gesprächs zusammen:

Noch vor sechs Jahren türmten sich hier etwa 14 Tonnen Müll. Phellipe und Paolo kauften das Grundstück und verwandelten die Mülldeponie mit Hilfe von Favela-Bewohnern in eine grüne Oase. Heute bringen sie hier Kindern Musik, Gartenarbeit und Werken bei. In naher Zukunft möchten sie ein kleines Restaurant und ein Jugendzentrum errichten, um Jugendliche von der Kriminalität abzubringen und ihnen eine Perspektive zu bieten. Seine Rolle im Film *City of God* und das Musikerdasein verhalfen ihm zu Berühmtheit, die ihm bei der Umsetzung seiner sozialen Projekte zugutekommt.

Phellipe wirkt in seinen Erzählungen ausgeglichen, sympathisch und überzeugt von dem, was er tut. Es wirkt so, als habe er seine Bestimmung gefunden. Mit seiner ansteckenden Ruhe und Gelassenheit könnte ich ihm stundenlang zuhören, obwohl ich kein einziges Wort verstehe.

Plötzlich stürmen Kinder das Grundstück. Musikunterricht steht heute auf dem Programm. Voller Freude und mit großen Augen umkreisen sie Phellipe und warten ungeduldig auf den Unterricht. Schließlich beginnen sie die Stunde mit einem Paukenschlag aus Sambatrommel, Gitarre und Schlagzeug. Für uns der Zeitpunkt, die Rückreise anzutreten.

Diesmal möchte sich jedoch niemand eine weitere Runde Taxifahrt antun. Wir gehen auf Hamiltons Vorschlag ein und beschließen, einen etwa zwanzigminütigen Fußmarsch durch die Favela zurückzulegen. Er versichert uns, diesen Ort wie seine Hosentasche zu kennen, wir sollen uns keine Sorgen machen. Mitten auf der Straße, den steilen Hang hinunter, folge ich ihm auf Schritt und Tritt, vorbei an einfachen, dicht aneinandergebauten Häusern aus Ziegelsteinen. Während einige noch gut in Schuss sind, erwecken andere den Eindruck, als würde der nächste Windstoß sie dem Erdboden gleichmachen. Die Menschen, die vor ihren Häusern sitzen und gelangweilt das

Geschehen auf der Straße verfolgen, scheinen sich wenig für uns zu interessieren. Inzwischen hat auch die anfängliche Anspannung in mir nachgelassen, meine Ängste und Sorgen sind verflogen. Zwar mag dieser Ort nicht München-Schwabing sein, doch eine große Gefahr strahlt er ebenso wenig aus.

An einem Eckhaus sprintet Hamilton die Treppen hinauf zur Wohnungstür und klingelt. Eine attraktive, brünette Mittvierzigerin mit Kringellocken begrüßt uns. Sofort lädt sie uns in ihr Haus ein. Von außen weniger ansprechend, überrascht die Innenausstattung der Wohnung mit selbstkreierten, bunten Seidentüchern an Wänden, Lampen und auf dem Tisch. Alles ist ein wenig Märchenland aus 1001 Nacht, nur auf brasilianisch eben.

»Ich freue mich sehr, dass Hamilton euch hierhergeführt hat. Ihr kommt genau richtig, das Essen ist fast fertig. Ich hoffe, ihr habt Hunger«, sagt unsere herzliche Gastgeberin Luzia. Und ob wir Hunger haben! Wie im Autopilot-Modus steuern wir den Esstisch an und Luzia eilt herbei, um ihn zu decken. Dann serviert sie eine große Portion Hühnchen, Reis, Bohnen und Farofa (geröstetes Maniokmehl) - die brasilianische Spezialität schlechthin. Das Essen schmeckt ausgezeichnet, die Gewürze duften wundervoll und ich muss mich beherrschen, die Mahlzeit nicht im Nu zu verschlingen.

Ich frage Luzia nach dem Geheimnis ihrer Kochkunst. Sie fühlt sich geschmeichelt und holt etwas weiter in ihrer Lebensgeschichte aus:

»Vor 15 Jahren arbeitete ich als erfolgreiches Model in Paris und hatte täglich Auftritte«, erzählt sie etwas bedrückt. »Dann hing ich allerdings die Modelkarriere an den Nagel, kehrte der

Liebe wegen zurück nach Rio, was sich als großer Fehler entpuppte. Die Beziehung scheiterte und ich verlor alles. Sogar das Sorgerecht für mein Kind. Also zog ich in die Favela und ging regelrecht durch die Hölle. Nach vielen harten Jahren habe ich mich aber endlich von dem Tiefpunkt erholt und möchte nun eine neue Karriere als Köchin starten. Hier, in dieser Wohnung, will ich kleine Touristengruppen mit wechselnden, brasilianischen Gerichten bekochen. Dafür lese ich verschiedenste Kochbücher und probiere viel aus«, verrät sie ihre Geschäftsidee. Für das Essen und die Inneneinrichtung gibt es schon mal zehn von zehn Punkten. Ob ich wiederkommen würde, fragt sie mich nach dem Essen. Aber sofort!

Einen weiteren Gast am Tisch habe ich fast schon vergessen, es ist ein guter Freund von Luzia. Er stellte sich zu Beginn als Kelson vor und gab seitdem keinen Ton mehr von sich. Vielleicht Anfang oder Mitte zwanzig, knochige Statur, auffällige Afro-Frisur. Gefühlt starrt er mich schon die ganze Zeit an, was ich tunlichst zu ignorieren versuche.

»Was machst du beruflich?«, eröffnet er schließlich schüchtern das Gespräch.

Meinen Ingenieursjob fasse ich kurz, um ihn nicht zu langweilen. Ich frage ihn, was er beruflich macht.

»Ich bin Schauspieler«, antwortet er.

Schon wieder ein Schauspieler? Fast alle Menschen, die ich in den letzten beiden Tagen kennengelernt habe, sind entweder Schauspieler oder Model. Ist das etwa eine Umschreibung für die Arbeitslosigkeit, oder herrscht in Rio tatsächlich ein wenig Hollywood?

»Morgen steht ein Drehbuchtreffen für den nächsten Film

an. Er handelt von Rassismus in Brasilien. Möchtest du mitkommen?« Sofort sage ich zu, obwohl mich das schlechte Gewissen plagt, denn so langsam sollte ich ein Klapprad und die entsprechende Ausrüstung auftreiben, sonst komme ich hier nie los. Auf der anderen Seite ist das die Gelegenheit, herauszufinden, wie viel Hollywood tatsächlich in Rio steckt. Außerdem erlaubt es mir, meinem Motto für die Reise treu zu bleiben, nämlich neuen Menschen zu begegnen und ihnen zu folgen, wohin sie mich auch führen.

Mit Kelson verstehe ich mich auf Anhieb prächtig. Den ganzen Abend unterhalten wir uns über die verschiedensten Themen und haben viel zu lachen. Er gehört zu den wenigen Brasilianern, die fließend Englisch sprechen. Beigebracht hat er sich die Sprache mit Filmen und Büchern. Für mein Gehirn ist es eine willkommene Entlastung nach all den Portugiesisch-Gehversuchen. Und sobald wir die verliebten Blicke noch aus der Welt schaffen oder sie hoffentlich bald klären, glaube ich, in ihm einen neuen Freund gefunden zu haben. Außerdem möchte er mich unbedingt seiner Familie vorstellen. Gemeinsam mit ihr wohnt er in der größten Favela Rios, dem Complexo do Alemao.

Das Drehbuchtreffen

Kelsons Anruf reißt mich aus dem Schlaf. »Hey, schläfst du etwa noch? Wir sind spät dran! Ich warte vor der Tür.« Es ist kurz nach Mittag.

Die erste Hälfte der Geburtstagswoche von Adriana liegt hinter mir. Meine durchschnittliche Schlafzeit pro Nacht liegt bei etwa drei Stunden, ich fühle mich, als wäre ich um zehn Jahre gealtert. Nachdem der Gang ins Bett und der Unterrichtsbeginn an der Sprachschule zur selben Zeit stattfinden (9 Uhr morgens), musste ich mich für eins entscheiden. Die Entscheidung fiel auf das Bett. Über einen Tag Sprachunterricht bin ich nicht hinausgekommen, jetzt muss ich mir die Sprache auf anderem Wege aneignen.

Inzwischen hat Kelson aufgelegt, er klopft an der Tür. Ich springe aus meiner Gefängniszelle und öffne ihm.

»Schön, dich zu sehen, wir sind spät dran. Wie lange brauchst du noch?« Verwundert wandern seine Blicke über meine Schulter hinweg ins Wohnzimmer.

»Wie viele Personen wohnen hier eigentlich?«, flüstert er und hört das Gestöhne im Hintergrund.

»Hat da jemand Sex?«, fragt er mit noch größerer Verwunderung.

»Erzähle ich dir später«, entgegne ich ihm und mache mich fertig.

Gemeinsam steigen wir an der Station General Osorio in die Metro ein, die einer Schockkühlung gleichkommt, für die eine Daunenjacke dringend nötig wäre. Luzia begleitet uns. Nach etwa einer halben Stunde erreichen wir Uruguaiana, das Zentrum von Rio, wo mich eine andere Welt erwartet. Während Copacabana und Ipanema europäischen Stadtteilen gleichkommen, herrscht im Zentrum das wahre Lateinamerika. Schreiende Händler, hupende Autos, überfüllte Straßen, Bettler, Chaos, Lärm, undefinierbare Gerüche und der ständige Körperkontakt beim Vorbeilaufen schärfen meine Sinne und Konzentration. Zwei Händler scheinen es auf mich abgesehen zu haben. Aufdringlich folgen sie mir, drängen mir Jeanshosen auf, obwohl ich behaupten würde, nicht den Eindruck eines auffälligen Touristen zu vermitteln. Etwas an mir muss mich verraten haben. Die Händler geben die Verfolgungsjagd auf. Just in diesem Moment hängen sich zwei Jugendliche an uns ran. Sie deuten auf meine zerrissenen Nike-Schuhe, aus denen meine großen Zehen herausschauen. Wiederholend richten sie ihre Zeigefinger auf das Objekt der Begierde, welches sie gerne mitnehmen möchten. Wenn sie wüssten, welche Düfte dort kreisen, würden sie es sich sicherlich anders überlegen. An denen hänge ich wahrlich nicht, nur wäre es gerade sehr unpraktisch sie abzugeben. Einen Barfuß-Marsch möchte ich mir ersparen. Sie reden auf mich ein, ich verstehe sie nicht. Aufdringlicher deuten sie mit dem Finger auf die Schuhe. Ich schüttele noch vehementer mit dem Kopf und bin keinesfalls gewillt, diesen Kampf zu verlieren. Längst habe ich die mahnenden Worte von Adriana verdrängt, mich bei einem Überfall nicht zur Wehr zu setzen. Kelson kommt mir zur Hilfe, schreitet ein und rettet die Situation. Gemeinsam mit Luzia zerrt er mich aus der Menschenmenge und die beiden nehmen mich in ihre Mitte. Wir verlassen den Marktplatz.

»Das hier ist das wahre Rio. Eigentlich sind die Menschen hier viel netter als in Ipanema«, sagt Kelson und meint es tatsächlich ernst.

»Es ist aber auch gefährlicher als in Ipanema«, fügt er hinzu und rückt meinen ersten Eindruck vom wahren Rio wieder zurecht.

Nach vier Blocks gelangen wir an unser Ziel: ein Geisterschloss auf zwei Stockwerken mit bröckelnder Fassade und acht verdunkelten Fenstern. Wäre es denkbar, dass Kelson und Luzia mich in eine Falle locken?, schießt mir ein unangenehmer Gedanke durch den Kopf. Sie wirken sehr nett, aber ich kenne sie erst seit ein paar Stunden. Die Tür öffnet sich. Eine Person tritt heraus, läuft in schnellen Schritten zur Straße, auf uns zu.

»Endlich seid ihr da, wir warten schon auf euch. Kommt rein!«, grüßt uns Antonio, offenbar erleichtert, und führt uns ins Haus. Weitere zehn Personen warten bereits in der Küche.

In lockerer Atmosphäre, mit Musik im Hintergrund und Getränken in der Hand, stehen sie beisammen. Nach einer kurzen Vorstellungsrunde, bei der ich mir so gut wie keinen Namen merken kann, führt mich Luzia durch das Geisterschloss.

»Mit meiner Familie wollte ich hier einziehen, doch leider kam alles anders. Mein Mann und ich trennten uns.« Bedrückt schaut sie durch die Zimmertür auf unausgepackte Tapetenrollen, eingerissene Wände, kaputte Türklinken und den halb verlegten Teppich. Alles erweckt den Eindruck, als wären die Renovierungsarbeiten schon vor längerer Zeit eingestellt worden. Das Haus, welches einer Baustelle gleicht, dient nur noch als Treffpunkt für Luzias Freunde. Unter anderem für das heutige Drehbuchtreffen. Unsere kurze Führung endet auf der Terrasse, wo die Teilnehmer bereits an einem großen, langen Tisch Platz genommen haben und sich in einem regen Austausch befinden.

Nach etwa zwei Stunden fassen sich meine Beobachtungen als Außenstehender aus den für mich verständlichen Wortfetzen folgendermaßen zusammen: ein wildes Durcheinander von Aussagen, Behauptungen, Vermutungen, Meinungen und persönlichen Erfahrungen mit wenig Struktur und Idee. Von Filmproduktion verstehe ich nicht viel, von Portugiesisch erst recht nicht, jedoch wirkt die ganze Veranstaltung nicht sehr vielversprechend.

Es ist bereits Abend, als Antonio ohne Ankündigung und mitten in der Diskussion plötzlich laute Musik einschaltet und damit die zu kippen drohende Stimmung rettet. Bereits mit den ersten Klängen kommt die wahre Stärke der Brasilianer zum Vorschein: der Samba. Hüften setzen sich in Bewegung und schnelle Schritte, denen man mit bloßem Auge kaum folgen kann, geben von nun an den Ton der restlichen Nacht an. Unter dem Vorwand »Filmproduktion« scheint man sich hier eigentlich zum Tanzen verabredet zu haben.

Nach Mitternacht und unzähligen Brahma-Bierdosen tritt allmählich bei allen Gästen die Ermüdung ein. »Ich fahre mit dem Taxi Richtung Ipanema. Möchte jemand mit?«, fragt Luzia in die Gruppe. Vom Drehbuch-Samba-Abend erschöpft, nehme ich ihren Vorschlag an. Kelson begleitet uns von der Haustür zum Zauntor. »Lust auf ein Künstlerviertel, oder Museum in der Innenstadt morgen Nachmittag?«, fragt er mich während der Abschiedsumarmung. Gute Idee, gegen etwas Kultur aus meinem Reiseland habe ich nichts einzuwenden.

Der bestellte UBER-Fahrer trifft ein, ich setze mich auf die Rückbank zu Luzia. Der Fahrer steuert auf der dunklen, unbeleuchteten Straße auf die etwa 500 m entfernte Hauptstraße zu. Plötzlich ertönt ein lauter Knall! Was sich für mich wie ein Silvesterknaller anhört, erschreckt Luzia zutiefst und sie zuckt zusammen. Unbeeindruckt setzt unser Fahrer die Fahrt fort, kurz davor abzubiegen. Luzia greift ihm an die Schulter.

»Können wir kurz anhalten?«, bittet sie ihn. Hektisch kramt sie ihr Handy aus der Tasche, ruft Kelson an.

»Luzia, komm bitte! Hilf mir! Komm sofort!«, schreit Kelson panisch durch das Telefon. Luzia fordert den Fahrer auf umzudrehen. Sie wirkt geschockt, den Tränen nahe.

»Bleib am Telefon! Wir sind gleich bei dir!«, versucht sie Kelson zu beruhigen. Ihre Hände zittern.

Im Rückwärtsgang rast der Wagen zurück. Kelson rückt in den roten Schein der Rückfahrlichter. Er sitzt weinend auf der Bordsteinkante, die Hände über dem Kopf zusammengeschlagen, das

Telefon in der Hand. Nur wenige Meter entfernt kniet eine Frau auf dem Boden, heult, schreit und hält einen blutüberströmten Mann mit einer Kopfschussverletzung in ihren Armen.

Ich springe aus dem rollenden Wagen, eile zu Kelson. Schreie aus verschiedenen Ecken, heranrasende Polizeiwagen, flüchtende Passanten. Es herrscht Chaos. Die unübersichtliche Situation löst in mir das beunruhigende Gefühl aus, dass es im nächsten Augenblick erneut knallen könnte. Mehrere Personen kommen der Frau zur Hilfe. Ich greife Kelson am Oberarm, helfe ihm aufzustehen und bringe ihn zum Wagen. Inzwischen umgeben Menschenmassen die junge Frau, schreien um Hilfe, andere rufen nach einem Krankenwagen. Kurze Zeit später trifft die Polizei ein.

Wir verlassen das Zentrum von Rio. Auf der gesamten Fahrt von etwa einer halben Stunde weint und zittert Kelson am ganzen Körper. Luzia und ich haben ihn in unsere Mitte genommen, versuchen, ihn zu beruhigen. Der Schock sitzt tief, die Worte fehlen. Dann ist es still.

Das Klapprad

Der nächste Tag.

Nachricht von Luzia:

»Ein junger Mann Mitte dreißig wurde bei dem Versuch, sich gegen einen Raubüberfall zu wehren, von drei unbekannten Tätern in den Kopf geschossen.«

In einer kurzen, einfachen Zusammenfassung, die ich verstehen kann, erläutert sie den Vorfall der vergangenen Nacht. Fotos von Zeitungsartikeln zeigen den Erschossenen. Nicht wenige Male wiesen Adriana und ihre Freunde mich darauf hin, bei einem Raubüberfall alles an Geld und Wertsachen abzugeben. Leichter gesagt als getan. Noch kenne ich das Gefühl eines Überfalls nicht, bei dem, was ich vorhabe, liegt diese Erfahrung allerdings im Bereich des Möglichen. Das gestrige Ereignis am Markt hake ich als Light-Version eines Überfalls ab und hoffe, dass ich mich nicht aus dem Affekt heraus wehre. Eine kurze Verzögerung unserer Abfahrt gestern Nacht hätte uns vielleicht das Leben kosten können.

Die Erlebnisse der letzten Nacht überschatten den heutigen Tag, noch sitzt der Schock tief. Sorgen und Ängste haben den Platz von Freude und Euphorie eingenommen. Die mir aus Erzählungen bekannten Gefahren aus Südamerika erlebte ich aus nächster Nähe. Es verdeutlicht mir, in einem fremden Land nun ganz auf mich allein gestellt zu sein.

Für einen Augenblick gerate ich ins Nachdenken und realisiere, dass Freunde, Familie und das gewohnte Leben mehrere Tausend Kilometer weit entfernt liegen. Lagen sie vielleicht alle richtig, als sie sagten, ich sei dumm, wenn ich die Sicherheiten, Garantien und den gut bezahlten Job hinter mir lasse und alles in Frage stelle?

»Viele wären gerne an deiner Stelle. Dir geht es doch so gut«, hatte ein guter Freund vor der Reise zu mir gesagt.

»Es ist nur eine Phase, in der du alles in Frage stellst. Das legt sich schon wieder von allein«, meinte wieder ein anderer zu mir.

Sie lagen damit sicherlich nicht falsch. Für einen Augenblick hatten sie meine Gedanken wieder zurechtgerückt. Doch nur für einen Augenblick. Denn ihre Worte erreichten nur meinen Verstand, nicht das Herz.

Das Herz und der Verstand. Wie wichtig ihr Zusammenspiel doch war, begriff ich in den vergangenen Wochen und Monaten. Ihr Konflikt bedeutete zugleich Unzufriedenheit, Zweifel und

Sorge. Die Entscheidungen des Verstands bestimmten bisher mein Leben. Dieser gab den Takt an, das Herz folgte. Nur bei kleinen, den unwichtigen, wenig einflussreichen Entscheidungen des Lebens, wie zum Beispiel beim Kauf von Klamotten oder etwa einer Wohnungseinrichtung, führte mich das Herz. Doch damals, zum allerersten Mal in meinem Leben, schrie es lauter und wollte, dass das Leben eine Wendung nahm. Es mischte sich in einen lebensverändernden Beschluss ein und ich ließ es entscheiden. Ich könnte hier sofort alles hinschmeißen und zurückkehren, wieder dort weitermachen, wo ich aufgehört habe. Doch dann erinnere ich mich daran, warum ich aufgebrochen bin. Ich wollte anderen Menschen und Kulturen begegnen, von ihnen lernen, mich inspirieren lassen, das Neuartige und meine Bestimmung entdecken. So falsch kann ich doch nicht liegen. Schließlich erlebte und lernte ich bereits so viele Dinge und Menschen kennen. Immerhin überwiegen bisher die schönen Seiten. Mein Leben und die Menschen zu Hause würden mir sicherlich nicht davonlaufen. Abbrechen und zurückfliegen wird auf dieser Reise ja jederzeit als Option greifbar sein. Es ist erst der Beginn einer Zeit, in der ich mich täglich neuen Erfahrungen und Begegnungen aussetze, und dazu gehören nun einmal auch weniger schöne Erlebnisse. Nun liegt es einzig und allein an mir, mit welchen Augen ich auf meine Reise blicke: entweder mit denen eines Gescheiterten oder eines Abenteurers.

Um mich abzulenken, verlasse ich die Wohnung und begebe mich auf die Klappradsuche, die schon längst überfällig ist.

Ipanema, Copacabana, Botafogo, Gloria ... ein Stadtteil nach dem anderen, in dem ich nahezu alle Fahrradgeschäfte aufsuche. Ein Klapprad? Fehlanzeige! Von Auswahl kann keine Rede sein.

Die wenigen Fahrradläden bieten entweder keine oder nur überteuerte, nicht gerade vertrauenerweckende Ware aus China an. Den Höhepunkt erreiche ich in einem Laden, in dem ich den Besitzer darüber aufklären muss, was ein Klapprad überhaupt ist. Verzweifelt verlasse ich den Laden und bemerke, wie meine Idee der Klappradreise weit in die Ferne rückt. Das Rad nicht aus Deutschland mitgebracht zu haben, erweist sich als großer Fehler.

An dieser Stelle mag sich der ein oder andere fragen, warum es ausgerechnet ein Klapprad sein muss, wo es für eine solche Unternehmung doch speziell gefertigte, robuste Fahrräder gibt. Das Klapprad habe ich auf einem Städtetrip durch Bilbao für mich entdeckt. Nachdem im Fahrradverleih alle Räder bereits vergriffen waren, blieb mir nur ein Klapprad. Ich war überwältigt, wie komfortabel es sich fahren ließ und wie praktisch es war, das Rad ganz einfach überall mit hinnehmen zu können. Kurzentschlossen radelte ich einfach weiter bis nach San Sebastian. So begann meine Liebe zum Klapprad. Außerdem passt es zu meinem Plan, entschleunigt voranzukommen und dabei möglichst viele Begegnungen und Abenteuer zuzulassen.

Nach mehreren erfolglosen Stunden der Suche setze ich mich auf eine Parkbank an der Metrostation Nossa Senhora da Paz und sehe der Ansammlung von Menschen zu. Sambatrommler stimmen die Menge wenige Tage vor Karnevalsbeginn ein. Ob zwei oder fünfundneunzig Jahre, Mann oder Frau, dick oder dünn, groß oder klein, die Brasilianer beherrschen eins: Tanzen. Mit einer Größe von weniger als 1,70 m und einem

Körpergewicht von über 100 kg bringt mancher hier solch schnelle Schritte auf den Asphalt, als hätte er das ganze Leben lang nichts anderes gemacht. Beeindruckend, mit welchen Künsten Brasilianer aufwachsen.

Innerhalb kürzester Zeit versammeln sich Hunderte von Menschen um mich herum. Von der ersten Stunde an, seit meiner Ankunft, umgibt mich beständig eine Vielzahl an Menschen. Nie waren es wohl so viele über einen längeren Zeitraum. Gleichzeitig fühlte ich mich aber auch nie zuvor so einsam, nie wünschte ich mir so sehr eine vertraute Person wie jetzt.

Ich greife nach meinem Handy und tippe Julias Telefonnummer ein, die sich mit einer einfach hinterlegten Kombinatorik vor Jahren in mein Hirn gebrannt hat. Auf meine kurze Nachricht antwortet sie prompt. Ihre Nummer hat sich nach Jahren nicht geändert. Glück gehabt.

»Hi Cem! Wie hast du mich gefunden? Hast du etwa noch meine Nummer?« Nach knapp sieben Jahren und wechselnden Telefonen verschwand ihre Nummer längst aus meinem Telefonbuch, aber nicht aus meinem Kopf.

Ihre Einladung nach Barra, 20 km südlich von Ipanema, nehme ich sofort an. Mit der Metro Linie 4 bis zur Endhaltestelle Jardim Oceanico und weiteren 15 Minuten im Bus, erreiche ich das 20-stöckige Haus, welches durch eine Hauptstraße vom Meer getrennt wird. Einen halben Kopf größer, gutaussehend, halb Brasilianer, empfängt mich Bernhard, Julias Ehemann. Gemeinsam laufen wir zum Strand, wo wir Julia und die Kinder treffen. Mit Antonia, sechs Monate alt, Leo, drei und Paul, fünf Jahre alt beglückwünsche ich sie zu ihrer wundervollen Familie. Was in ihrem Leben in den letzten Jahren passiert ist, ist nicht wirklich schwierig zu erraten. Das Ergebnis krabbelt im Sand, schießt mir den Ball an den Kopf und liegt in Julias Armen.

»Und bei dir? Wie sieht es aus mit der Familienplanung?«, fragt sie mich, obwohl sie die Antwort wahrscheinlich kennt.

»Ich habe keine drei Kinder; die nächsten Monate sehen auch nicht danach aus, dass ich einen Kinderwagen schieben werde«, antworte ich.

Ihre detaillierten Fragen nach meiner Reise, Ausrüstung und Route beantworte ich kurz und knapp.

»Einen Plan habe ich nicht. Irgendwo Richtung Norden, vielleicht nach Kanada, soll die Reise gehen. Ich weiß ungefähr, wohin ich will, aber nicht wie. Am liebsten mit einem Klapprad. Doch eins aufzutreiben, gestaltet sich schwieriger als gedacht.«

Julia ruft nach Bernhard, der die weinende Antonia auf einem kleinen Spaziergang am Strand in den Armen hält.

»Wann fliegt Cornelius?«

»Übermorgen.«

Sie dreht sich zu mir: »Ruf doch mal Cornelius an! Er kommt uns besuchen und bringt dir bestimmt eins mit.«

Was nach einem Traum klingt, scheint zur Realität zu werden. Mit Cornelius' Anreise steht mir soeben die unendliche Welt der Klappräder offen. Cornelius ist Julias Bruder und der Problemlöser schlechthin. Doch das eigentlich Verwunderliche: Ausgerechnet die Begegnung mit Julia, nach sieben Jahren, führt mich zu meinem Klapprad. Ist es einfach nur Glück? Oder Zufall? Oder vielleicht das Leben, das mich auf dem Weg zu meinem Ziel unterstützt und antreibt? Vielleicht aber auch eine Kombination von vielen Dingen.

Bernhard greift nach dem Handy, wählt die Nummer

von Cornelius per Videoanruf. Es ist kurz vor Mitternacht in Deutschland.

Cornelius hebt ab, muss zweimal hinschauen, um mich nach sieben Jahren und zwischen all dem Bartwuchs im Gesicht zu erkennen.

»Oh mein Gott! Was machst du denn da?«

Unsere zufällige Begegnung mit Julia ist schnell erklärt, wir kommen auf das Hauptproblem zu sprechen. Cornelius hört gespannt zu und sagt schließlich: »Schreib mir bis morgen, welches Modell und Zubehör du brauchst, in zwei Tagen habe ich alles dabei.«

Ohne weitere Fragen klärt sich mein Anliegen in nur wenigen Minuten und meiner Reise durch Südamerika steht nichts mehr im Weg. Der Tag mit Julia und ihrer Familie verhilft mir nicht nur zu meinem Klapprad, sondern gibt mir auch die notwendige mentale Kraft wieder, um nach vorne zu blicken. Endlich trennt mich nichts mehr von meinem Abenteuer.

Zwei Tage später.
SMS-Nachricht von Cornelius:
»Dein Klapprad ist angekommen!«

Mit dieser Nachricht auf dem Handy breche ich voller Freude nach Barra auf. An jenen Ort, der deutlich entspannter ist als Ipanema, weniger touristisch, mit höherem Erholungsfaktor, der Ort, an dem meine Freunde auf mich warten.

Cornelius und ich liegen uns sofort in den Armen. Inzwischen knapp 40 Jahre alt, wirkt er zehn Jahre jünger als ich. Aus einer schwarzen Tasche packt er das mitgebrachte Klapprad aus, führt den Faltmechanismus vor.

»Hier sind noch die Fahrradtaschen, der Tacho, zwei Ersatzschläuche und Flickzeug.« Alles erweckt den Eindruck einer Ausstattung für eine gemütliche Fahrradtour von München nach Dachau, weniger nach Kontinenten-Überquerung.

»So, und wo geht's als erstes hin?«

»Richtung Norden! Wahrscheinlich Kanada.«

Irritiert über meine Antwort scheint Cornelius so langsam die Planlosigkeit dieser Reise zu realisieren.

Ich verabschiede mich von meinen Freunden, starte die Jungfernfahrt von Barra nach Ipanema.

Nach 21 km voller Freude, Adrenalinkick und Tatendrang langt mir die Ankunft in Ipanema noch lange nicht. Ich trete weiter in die Pedale und nehme Kurs auf die nächsten Stadtteile. Weder Uhrzeit, Müdigkeit noch Hunger interessieren mich. Mein Körper spürt kein Verlangen, er genießt die Freiheit auf zwei Rädern und ist wie im Rausch. Das Rad ist wendig, schnell und bequem. Ich wechsele zwischen Straßenseiten, Bürgersteigen, fahre durch Parks, Tunnel, an Strandpromenaden entlang und durch Menschenmengen hindurch. In Deutschland stünde ich bereits mit einem Bein im Knast, hier hält mich niemand auf. Niemand verwarnt mich oder schreibt einen Strafzettel, niemand schimpft oder flucht.

An der nächsten Kreuzung schaltet die Fußgängerampel gerade auf Rot. Für mich und mein Klapprad kein Problem, die sechsspurige Straße zu überqueren, bevor der Verkehr wieder Fahrt aufnimmt. Die gegenüberliegende Straßenseite im Blick, trete ich kräftig in die Pedale und komme aus dem Sattel heraus. Dann das Unerwartete! Plötzlich bricht das rechte Pedal nach unten weg. Mit meinem Fuß schlage ich zunächst am Vorderrad, dann auf dem Boden auf und knalle mit der Brust auf das Lenkrad. Ich verliere die Kontrolle, stürze mit voller Wucht auf den Asphalt. Alles spielt sich im Bruchteil einer Sekunde ab. Ich stehe unter Schock, schaue auf und sehe, wie der Verkehr auf der mittleren Spur beschleunigt und auf mich zurast. Keiner hält an, keiner kommt mir zur Hilfe. Kurz vor dem Aufprall bremsen sie ab, hupen und fahren um mich herum. Das Knie blutüberströmt, Schürfwunden an Händen und Ellbogen halte ich mit gehobener Hand den Verkehr auf und ziehe humpelnd das Klapprad von der Straße. Während der Verkehr wieder beschleunigt, setze ich mich auf den Bürgersteig und erfahre an diesem Tag auf schmerzhafte Weise, dass Freude und Leid tatsächlich nahe beieinander liegen.

In der gefährlichsten Favela Rios

Öffentliche und private Krankenhäuser, Karnevalsbeginn, Zimmerwechsel, mehr Raubüberfälle, noch mehr Sexpartys ... Die Knieverletzung als Folge des Sturzes fesselt mich zwar seit sechs Tagen ans Bett, jedoch mangelte es mir in dieser Zeit keinesfalls an Geschichten. Besucher oder Bewohner der Wohnung berichten von ihren Erfahrungen auf der Straße. Erleichtert darüber, dass mir das ein oder andere erspart geblieben ist, bereitet mir ausschließlich das geschwollene Knie Kopfzerbrechen. Ob ich den Rückflug nach Deutschland antreten und die Reise vorzeitig beenden muss, wird sich in den kommenden Tagen herausstellen. Immerhin zeigen die Schmerzmittel heute Wirkung.

Ohne Hilfe klappt der Gang zur Toilette.

Nachricht von Kelson:
»Bom dia! Wie gehts deinem Knie? Kommst du uns heute in Alemao besuchen?«

Von der Schießerei erholt, begleitete mich Kelson ins Krankenhaus und lud mich zu sich nach Hause ein, in die Favela Complexo do Alemao. Ohne lange zu überlegen, sagte ich zu. Nach Bildern im Internet zu urteilen, wird sich die Complexo do Alemao mit großer Wahrscheinlichkeit nicht unter den Top-Ten-Attraktionen im Lonely Planet einreihen.

Aufnahmen und Berichte über Feuergefechte, Drogenbanden, Militäreinsätze und Tote in der Favela dominieren die Titelseiten der Zeitungen.

»Meinst du, es ist wirklich sicher für mich?«, frage ich Kelson.

»Aber natürlich, mach dir keine Sorgen. Du kannst sogar deine Kamera mitbringen«, antwortet er überzeugt. Die lasse ich aber doch lieber mal in der Wohnung.

Kopfschütteln und Verständnislosigkeit herrschen bei Adriana und ihren Freunden über meine neue Ausflugsidee. »Es ist die gefährlichste Ecke Rios«, sind Adrianas letzte Worte, bevor ich nach fast einer Woche humpelnd die Wohnung verlasse. Ich vertraue Kelson.

Anderthalb Stunden dauert die Fahrt mit der Metro zur Haltestation Inhauma, im Norden von Rio, wo mich Kelson vor einem riesigen Friedhof erwartet. Hoffentlich ist das kein schlechtes Omen. Am Eingang zur größten zusammenhängenden Favela Rios schaut er mich ernst an und sagt: »Nicht glotzen, keine Bilder, keine Wertsachen, keine Neugier.« Heute Morgen klang alles noch deutlich freundlicher und nach einer netten Einladung. Das mulmige Gefühl in mir meldet sich. Außerdem fällt mir die Sache mit der Neugier nicht immer leicht, da muss ich mich zusammenreißen. Ist das alles hier vielleicht doch eine dumme Aktion, die ich sein lassen sollte? Nach Schießerei und Fahrradunfall – was würde wohl als Nächstes passieren?

Kelson und ich nehmen im vollbesetzten Bus Platz. Der Bus rollt und Kelson wendet sich von mir ab, um keine Aufmerksamkeit zu erregen. Der Platz in der mittleren Reihe am Fenster erlaubt es mir, meiner Neugier freien Lauf zu lassen. Dicht bebaute, einfache, zum Teil unfertige Häuser aus Ziegelsteinen mit Wellblechdächern, vor denen Kinder spielen und Erwachsene in Gruppen sitzen, ziehen an meinem Fenster vorbei. Einige Straßen weiter ändert sich das Bild. Häuserfassaden mit Einschusslöchern, eingeschlagene Fenster, Jugendliche und Kinder mit Maschinengewehren bestimmen das Straßenbild. Einige Szenen, auf die ich zuvor im Internet gestoßen war, erkenne ich wieder. Es fehlt einzig das Militär und die Rekonstruktion wäre perfekt – und ich mittendrin.

Nach der nächsten Kurve steigen wir aus, biegen in ein Labyrinth von Gassen ein. Längst habe ich den Überblick im Häuserdschungel von Complexo do Alemao verloren, folge Kelson blind. Vor einer offenen Haustür zieht er seine Schuhe aus, tritt ein und schreit laut: »Mama! Clark! Wir sind da!«

Es ist Kelsons Zuhause. Während Mama Kathi in der einen Hand den Kochlöffel hält, begrüßt sie mich mit einer herzlichen Umarmung und einem dicken Schmatzer auf die Wange.

Bruder Clark begleitet mich ins Wohnzimmer, in dem der große Fernseher fast den ganzen Raum einnimmt. Es läuft die brasilianische Version von »Deutschland sucht den Superstar«. Doch hier sucht die Nation nicht die schönste Stimme, sondern die beste Sambatänzerin des Landes – natürlich.

Kathi erzählt von schwierigen Lebensverhältnissen, der Arbeitslosigkeit und dem fehlenden Geld. Mit lediglich umgerechnet 250 € Monatsgehalt von Clarks Arbeit in einem Elektrofachgeschäft und ihren gelegentlichen Putzjobs halten sie sich über Wasser. Alle Hoffnungen ruhen auf Kelson, der als Schauspieler den Durchbruch schaffen möchte.

Sie serviert das Mittagessen: Fisch mit Reis und Bohnen, dazu natürlich Farofa, die brasilianische Spezialität darf bei keiner Mahlzeit fehlen. Durch die Anspannung der letzten Stunden hatte ich meinen Hunger gar nicht bemerkt. In nur wenigen Minuten verputze ich meine Mahlzeit.

»Komm! Lass uns eine kleine Runde in der Favela drehen, ich stelle dir unseren Cousin vor«, schlägt Clark vor, während ich die letzten Reiskörner auf meinem Teller zusammenkratze. »Er ist einer der gefürchteten Bandenführer der Favela, alle haben großen Respekt vor ihm«, fügt er als kleine Randnotiz hinzu, nachdem wir die Wohnung bereits verlassen haben. Zu spät für eine Ausrede. Dicht folge ich Kelson und Clark, ohne sie fühle ich mich ausgeliefert, verloren. Wir kommen an der Polizeistation der Favela vorbei. Ein Polizist schaut grimmig und furchteinflößend, verscheucht uns und richtet seine Waffe in unsere Richtung. Statt Erleichterung breitet sich Angst in mir aus. Im Vergleich dazu entwickelt man fast schon Sympathien für die Jugendlichen mit ihren Maschinengewehren zwei

Straßen weiter. An der nächsten Ecke erwartet uns eine Gruppe von Jugendlichen, die Clark aus der Entfernung begutachtet. Er wirkt nervös. »Wir sollten unseren Cousin vielleicht ein anderes Mal besuchen«, beschließt er und kürzt unsere Runde ab. Guter Vorschlag, der mir sehr entgegenkommt, zumal Clark und Kelson nicht mehr so entspannt wirken. Aus einer kleinen Tour wird eine winzige Tour. Nur zwei Häuser von Kathis Wohnung entfernt, landen wir bei Kelsons Tanten und ihren Töchtern.

»Die sind alle ziemlich verrückt. Sag mir, wenn du dich unwohl fühlst«, warnt mich Kelson mit einem Lächeln.

Die Tanten Eni und Jucara fallen mir um den Hals und küssen mich auf Nase, Wangenknochen und Stirn, die einzigen haarfreien Stellen im Gesicht. Die Freude über mein Kommen ist groß, Kelson hatte sie im Vorfeld über meinen Besuch informiert.

Über die einsturzgefährdete Betontreppe führen sie mich hoch auf das Dach, von wo sich ein atemberaubender Blick über Complexo do Alemao auftut. Ein Meer aus Hütten, Mauern und selbstgebauten Häusern, welches sich über mehrere Kilometer und Hügel erstreckt. Haus an Haus, Stein an Stein. Es hat den Anschein, als könnte man im Complexo do Alemao über den Dächern laufen. Doch als Hauptattraktion zeichnet sich auf der Terrasse eine ganz andere ab: die Cousinen Gisele, Michele, Tati und Lau, die in Bikinis in einem viel zu kleinen Planschbecken versuchen, sich abzukühlen. Meine Anwesenheit scheint eine große Abwechslung für alle zu sein. Sofort nehme ich den Mittelpunkt des Geschehens ein.

Während Tati - mit 37 Jahren bereits Großmutter - mich über mein Liebesleben ausquetscht, schmiert Michele mein lädiertes Knie mit einer Art Schmerzsalbe ein, die nach Benzin riecht. Neben Gisele - 21 Jahre, zweifache Mutter und mit Wunsch nach Kind Nummer drei -, die mir ihre Nacktfotos auf dem Handy präsentiert und mir als Übernachtungsmöglichkeit ihr Zimmer anbietet, wirkt Lau mit einem Glas frisch gepressten Saft eher zurückhaltend. Ich lehne dankend ab, ich meine, das Angebot zur Übernachtung, nicht den Saft. Tante Jucara setzt schließlich zu einer Schultermassage an und rundet damit meinen unerwarteten Wellness-Urlaub in der Favela samt Entertainment-Programm ab.

Auf Kelsons Empfehlung hin trete ich vor Einbruch der Dunkelheit den Heimweg an und nehme Abschied von Familie Succi. Bei Sonnenuntergang sitze ich wieder in der Metro auf dem Weg nach Ipanema. In Gedanken lasse ich den Tag Revue passieren und stelle fest, dass er mit Bedenken und Ängsten begann, jedoch eine unvergessliche Wende nahm. Vom Schlimmsten ausgegangen, begegnete ich wundervollen und herzlichen Menschen, die mich eines Besseren belehrten. Ich realisiere, dass ich trotz der vielen Bedenken meinem Herzen gefolgt bin. Ich ging dem Unbekannten nach, war mutig, neugierig und wurde dafür belohnt - mit einer Welt, die ich mir nicht mal annähernd hätte erträumen können.

Auf geht's in den Norden

Die letzten Stunden in Rio.

Ob Wiesn in München oder Karneval in Rio, in puncto Alkoholverzehr und sexueller Belästigung liegen die großen Volksfeste nicht weit auseinander. Bei homosexuellen Paaren, Raubüberfällen und ausdauernden Feierlichkeiten kann aber keine Stadt der Welt Rio das Wasser reichen.

Das berühmt berüchtigte Sambadromo, jedes Jahr mit gleichen Aufnahmen in den Tagesthemen, besteht aus einer 700 m langen Straße, flankiert von zwei Tribünen mit selfiesüchtigen Touristen. Die vielversprechenden 90-minütigen Tanzeinlagen der Sambavereine wirken bereits nach kurzer Zeit langatmig. Blocos hingegen - verschiedene Musikbands, die in der Stadt verteilt spontan oder aber geplant auftreten und Menschenmengen zum Feiern mobilisieren - sind die eigentliche Hauptattraktion des Karnevals.

Der letzte Karnevalstag ist zugleich mein letzter Tag in Rio, zu dem ich nach ungeplanten vier Wochen mit Höhen und Tiefen eine Beziehung aufgebaut habe, die sich noch nicht wirklich einordnen lässt. Wundervoll und einzigartig ist diese Stadt allemal. Doch nicht immer strahlt sie in ihrem vollen Glanz. Ich liebe sie, ziehe es dennoch vor, nur mit ihr befreundet zu bleiben. In diesem Gefühlschaos lasse ich Rio hinter mir.

Das Klapprad im Gepäck, das Knie angeschlagen, fliege ich in die kleine Küstenstadt Porto Seguro im Bundesstaat Bahia, um die verlorene Zeit aufzuholen. In dem übersichtlichen Flughafen entdecke ich schnell das Gepäckförderband. Mit einer Länge von zehn Metern befindet es sich direkt hinter dem Eingang zur Ankunftshalle, welche zugleich als Abflughalle fungiert. Der Nachtflug scheint das Sicherheitspersonal aus dem Schlaf gerissen zu haben. In Pyjamas warten sie ungeduldig auf den letzten Passagier mit Klapprad, um die Türen des Flughafens wieder abzuschließen. Ich darf das Licht ausschalten.

Fahrradtaschen vollgepackt, Reifen aufgepumpt, Rucksack auf den Schultern und das Knie bandagiert, radele ich vom Flughafen zur nächsten Pension ins Stadtzentrum. Während zur gleichen Zeit in Rio die Feierlichkeiten keine Grenzen kennen, begrüßen mich zur Mitternachtszeit Katzen und Hunde als einzige Lebewesen auf den Straßen von Porto Seguro.

»Bem vindo!« heißt mich Rezeptionist Marcus willkommen und bietet mir zu später Stunde einen Obstteller an. »Um die Uhrzeit bekommt man hier nichts zu essen«, klärt er mich auf und serviert frische Mango, Papaya und Ananas. Mein Zimmer darf ich mir aussuchen, den Abreisetag ebenso offenlassen. Nur ich und ein weiterer Gast halten sich in der 15 Zimmer großen Pension auf. Zwei Nächte sollen es hier sein, bevor die erste große Etappe auf dem Klapprad beginnt.

Porto Seguro, das historische Erbe und die älteste Gemeinde Brasiliens, in der nicht höher als zwei Stockwerke gebaut werden darf, ist der Ausgangspunkt für die umliegenden Touristenorte Trancoso und Arail d'Ajuda. Sicher und entspannt, bei sonnigen 24° C, treffe ich am folgenden Tag auf freundliche und aufgeschlossene Menschen. Mehrtägige Einladungen schlage ich ausnahmsweise aus. Ich muss Kilometer machen, auf meinem Weg endlich vorankommen.

In der Nacht vor der Abfahrt laufen die Vorbereitungen auf Hochtouren: Reifen aufpumpen, Ketten ölen, Bremsen einstellen, Gewicht auf die Taschen gleichmäßig verteilen und Klamotten waschen. In meinem Zimmer gegenüber der Rezeption erzählt Marcus mir seine Lebensgeschichte, während ich Schrauben nachziehe. In seinem hollywoodreifen Leben ließ er so gut wie nichts aus und spielte auch mal den Bad Guy, inklusive Drogen, Sexpartys, Prostitution und Raubüberfälle.

»Dann kam aber diese eine Nacht. Ich lag im Bett. Durch die offene Schlafzimmertür leuchtete plötzlich helles Licht. Eine weise Stimme sprach zu mir und sagte: Marcus, du bist auf dem falschen Weg …« Den Rest der Geschichte kann man sich denken. Heute arbeitet er tagsüber in der Kirchengemeinde, nachts an der Rezeption. Jede freie Minute verbringt er damit, hilfsbedürftigen Menschen zu helfen. Er sei durch die Hölle gegangen, erzählt er und durchforstet sein Handy nach Videos aus dieser Zeit.

Ein junger Mann, Anfang 30, nutzt unsere kurze Gesprächspause. Er muss heute irgendwann in der Pension eingecheckt haben, ich begegne ihm zum ersten Mal.

»Du scheinst einen langen Weg vor dir zu haben, so bepackt wie dein Fahrrad ist. Die Zimmer im oberen Stock sind deutlich besser ausgestattet und komfortabler, solltest du dir unbedingt ansehen«, bietet er mir aufdringlich, aber freundlich an, einen Blick in sein Zimmer zu werfen. Ich lehne ab, doch er bleibt hartnäckig. In der Hoffnung, ihn loszuwerden, begleite ich ihn schließlich in das obere Stockwerk und betrete sein Zimmer. Einen Unterschied erkenne ich nicht. Als ich mit dem Rücken zur Tür stehe, fällt sie hinter mir zu und wird abgeschlossen.

»Woher kommst du eigentlich?«, fragt er in einem Ton, der plötzlich ernst und bestimmend wirkt. Er setzt sich auf die Bettkante neben der Tür, als wolle er mir den Weg zum Ausgang versperren.

»Aus Deutschland«, antworte ich, versuche mein unwohles Gefühl zu verbergen.

»Ich habe gehört, deutsche Männer haben einen großen Penis.« Es ist der Augenblick, in dem sich die schlimme Vorahnung bestätigt. Die einzige Frage, die jetzt in meinem Kopf schwirrt, lautet: Wie komme ich hier nur raus?

»Eigentlich komme ich aus der Türkei.«

»Aaaaah, dann bist du also beschnitten.«

Gleichgültig wie meine Antworten lauten, kann ich ihm nicht ausweichen und das Gespräch in eine andere Richtung lenken. Er scheint sich seine Beute ausgesucht und einen klaren Plan gefasst zu haben. Mein Bauchgefühl sagt mir, dass im nächsten Moment etwas Unschönes passieren wird. Ist das hier alles einfach nur ein Scherz, eine versteckte Kamera, oder bin ich etwa in die Falle eines Vergewaltigers getappt? Er bewegt sich zwei Schritte in meine Richtung, schaut in meine Augen. Weniger als ein halber Meter trennt uns. Ich könnte schreien, jedoch bin ich entschlossen, keinerlei Angst oder Schwäche zu zeigen. Es würde ihn gewiss nur ermutigen, an seinem Vorhaben festzuhalten. Wut breitet sich anstelle von Furcht in mir aus.

»Mach sofort die Tür auf!«, fordere ich ihn auf. Keine Reaktion. Nur starre Blicke.

»Zieh deine Hose aus!«, entgegnet er mir in einem Befehlston. Nun ist es an der Zeit, mich mit allem zu wehren, was nur möglich ist. Den Körper angespannt, warte ich auf seine erste Reaktion. Wir starren uns an. Es herrscht absolute Stille im Zimmer.

Meine Hand greift intuitiv nach dem spitzen Fahrradwerkzeug in meiner Hosentasche, zieht es hervor. Plötzlich beeindruckt von meiner Gewaltbereitschaft tritt er zurück. Ich laufe auf ihn zu, drücke ihn in Richtung Zimmertür. Meine Entschlossenheit, unversehrt hier rauszukommen und mich mit allen Mitteln zu verteidigen, bricht seinen Willen. Er stottert »Ich wollte nicht …« und entschuldigt sich, streckt die Hände in die Luft und ruft, dass er keine bösen Absichten gehabt hätte. Sofort schließt er die Zimmertür auf und geht zur Seite. Ich verlasse das Zimmer. Voller Zorn knalle ich die Tür zu, als würde ich ihn für immer vor allen Menschen wegschließen wollen.

Tatsächliche Abfahrt

Mit dem schwer bepackten Klapprad starte ich im Sonnenaufgang, denke immer noch an das gestrige Ereignis mit dem jungen Brasilianer. Vor allem aber an meine Reaktion, was ich in den letzten Wochen erlebt und wie sich mein Verhalten von Tag zu Tag verändert hat. Die Ereignisse formten mich, mein Verstand ist wacher. Ich stelle fest, dass ich allmählich die Angst ablege. Ich habe begriffen, dass ich negative Erfahrungen auf dieser Reise, in einem fremden Land, nicht immer verhindern kann. Vielmehr musste ich lernen, mit ihnen umzugehen und versuchen, sie so gut wie möglich zu bewältigen. Aber allen voran wollte ich nur noch eins: nicht von meinem Ziel abweichen. Es lag einzig und allein an mir, ob mich das Erlebte entmutigt und die Kontrolle über mich erlangt oder ob ich der Herr über meine Ziele bleibe. Nun sitze ich aber endlich auf meinem Klapprad und blicke zuversichtlich auf die Reise in den Norden.

Der erste kleine Hügel auf dem Weg zum heutigen Tagesziel, Belmonte, fordert bereits seinen Tribut. Nicht mein Fitnesszustand, sondern das Gepäck mit etwa 20 kg lässt meine Oberschenkel brennen und das Knie schmerzen. Auf der 80 km langen, größtenteils flachen Küstenstrecke steige ich nicht wenige Male ab und schiebe das Klapprad. Dass Brasilianer nicht kontaktscheu sind, beweisen sie aufs Neue in ihren Fortbewegungsmitteln, die sie zu Monstern auf Rädern mutieren lassen. Aus fahrenden Autos, LKW und Bussen hupen sie und fahren bis auf wenige Zentimeter an mich heran.

An menschenleeren Abschnitten bewundere ich die wundervolle Natur Brasiliens mit ihren Kakao-, Kokos-, Bananenbäumen und sattgrünen Landschaften, die sich an der Küste entlangziehen. Die unzähligen Kokosstände am Straßenrand entpuppen sich als willkommene Erfrischungsoasen.

Es folgen Tagesetappen nach Canavieras, Una und Ilheus, in letzterer ich nach vier Tagen und mehr als 230 km ankomme. Adriana, die im Liveticker-Modus meine Tour verfolgt, nahezu stündlich meine Koordinaten abfragt, hatte es sich vorgenommen, mich mit ihren Freunden in ganz Südamerika zu vernetzen. Für meinen Aufenthalt in Ilheus kontaktierte sie Pristia, eine alte Schulfreundin.

Ende 40, lange dunkle Haare, attraktiv, lebt sie mit ihrer Tochter Anastacia, 14, und ihrem Sohn Caue, 23, im Zentrum der Stadt. Herzlich empfängt sie mich in der 3-Zimmer-Wohnung und hat bereits eine private Stadtführung geplant. Bei einem gemütlichen Spaziergang geht es zu den Hauptattraktionen, wo ich einiges über die Geschichte Ilheus' erfahre. Einst bedeutender Exporthafen für Kakaoproduktion, spielt die Küstenstadt wirtschaftlich heute kaum noch eine Rolle. Die durch eine Krankheit befallenen Kakaobäume wurden zur Jahrhundertwende nahezu komplett vernichtet, nur wenige stehen noch, haben heutzutage aber nur noch einen symbolischen Charakter. Der bekannte Schriftsteller Jorge Amado mit seinen erfolgreichen Romanen - unter anderem *Gabriela wie Zimt und Nelken* - ist das Gesicht der Stadt. Geboren und aufgewachsen ist er in Ilheus und seine Romane sowie deren Verfilmungen wurden weltweit erfolgreich. Amado lebte viele Jahre aufgrund seiner politischen Überzeugungen im Exil. Sein Name schmückt heute Cafés, Straßen und Parks, aber auch einige Wandposter in Caues Zimmer, welches er netterweise für die Zeit meines Aufenthaltes mir überlässt.

Am nächsten Morgen weckt er mich mit einem frisch zubereiteten Avocado-Shake im Los Angeles Lakers-Trikot, aus dem auffällig breite, durchtrainierte Oberarme herausschauen. Er trägt Dreadlocks, hört Bob Marley und Red Hot Chilli Peppers, studiert Biologie, raucht Marihuana - abends gerne mit Mama Pristia -, macht leidenschaftlich einarmige Klimmzüge nach einem 20-km-Lauf und sieht aus wie der junge Arnold Schwarzenegger mit langen Haaren. In Anastacias Welt dreht sich alles um Justin Bieber und Instagram, welches sie stündlich mit leicht bekleideten Selfie-Bildern und Stories befeuert. Das ist eigentlich auch schon alles, was ich im nüchternen Zustand von der Zeit in Ilheus im Gedächtnis behalte. Der folgende Abend mit Caue und Pristia beschert mir nach nur drei Zügen an der frisch gedrehten Marihuana-Kippe nicht nur einen Tunnelblick, sondern schaltet nahezu alle Sinnesfunktionen aus, einschließlich des Zeitgefühls.

Selbst am Tag der Abfahrt in den Norden, Richtung Salvador de Bahia, stehe ich noch so dermaßen unter Marihuana-Einfluss, dass ich steilste Berge samt Gepäck nicht im Geringsten spüre und mit nahezu doppelter Geschwindigkeit als sonst fahre. Mehrfach drehe ich mich um und sehe nach, ob das Gepäck noch am Fahrrad hängt. Bei Caue, der deutlich mehr Züge inhalierte, scheint die Wirkung noch extremer durchzuschlagen. Die ersten 30 Kilometer begleitet er mich mit nacktem Oberkörper auf seinem Skateboard – und fährt voraus. Nein, ich halluziniere nicht. Tatsächlich existiert Videomaterial von diesem Skateboarder auf dem Weg nach Salvador. Seine unmenschlichen Kräfte erreichen allerdings bei Kilometer 31 dann doch ihre Grenzen, sodass wir anhalten, uns umarmen und verabschieden. Dann geht jeder seinen Weg: ich in den Norden, er zurück in den Süden.

Nach vier Tagen und mehr als 300 km passiere ich das Ortsschild von Salvador, der Hauptstadt des Bundesstaates Bahia. Viel kann ich ihr nicht abgewinnen. Die Altstadt, genannt Pelourinho, mit ihren Denkmälern aus der Kolonialzeit, architektonisch sehr bunt und tagsüber sehenswert, wandelt sich mit Einbruch der Dunkelheit in eine Geisterstadt mit No-Go-Area-Charakter. Während man in Rio de Janeiro wenigstens erst Spaß hat und anschließend ausgeraubt wird, bleibt in Salvador der Spaßfaktor komplett auf der Strecke. Einzig das Stadtviertel Rio

Vermelho lässt zu später Stunde bei leckeren Acaraje - frittierte Teigtaschen aus Augenbohnen, gefüllt mit Garnelen - und brasilianischem Bier Kino-Feeling aufkommen, bei dem man pubertierende Jugendliche und Studenten bei Flirtversuchen beobachten kann. Zum Wohl!

Die Wahrheit über Hitler

Bis in den Norden, nach Belem, dem Tor zum Amazonas, sollte meine Küstenfahrt gehen, bevor ich mit dem großen Amazonas-Dampfer bis nach Kolumbien und Peru schippern würde. Das Klapprad in der Gemüsekartonbox am Check-in-Schalter der Billigfluggesellschaft Azul Linhas abgegeben, sitze ich aber am Flughafen von Salvador am Boarding Gate, auf der Tafel die Destination Cuiaba. Die Hauptstadt Mato Grossos liegt im Landesinneren, etwas mehr als 2200 km von Salvador entfernt, unweit der bolivianischen Grenze. Sie ist der Ausgangspunkt zu meinem Ziel, das Pantanal, eines der größten und artenreichsten Sumpfgebiete der Erde. Meine erste Planänderung aufgrund von zahlreichen Empfehlungen. Um nicht die nächsten zwei

Jahre auf dem Klapprad in Brasilien zu verbringen – flächenmäßig 60-mal so groß wie Deutschland – entschied ich, mir für meinen Umweg einen Flug zu gönnen.

Angekommen in Cuiaba geht's direkt weiter nach Pocone, Startpunkt der Transpanteneira, eine aufgeschüttete Straße mit mehr als hundert abenteuerlichen Brücken, die bis zu 140 km ins Pantanal reichen. Vom Streckenprofil eher flach, wenig herausfordernd, stellt sich der steinige Straßenzustand als das eigentliche Problem für die kleinen 20-Zoll-Reifen heraus. An manchen Stellen ist die gesamte Breite der Straße von 15-20 m überflutet, sodass ich eine LKW-Durchfahrt abwarte, um die Wassertiefe abzuschätzen.

»Wenn du Tiere sehen willst: Pantanal; für unendlich grüne Regenwälder: der Amazonas«, waren die Worte von Adriana. Ich beschloss, beides sehen zu wollen, was sich schon nach kurzer Zeit auszahlt. Spuren von Jaguar-Pfoten, Sumpfhirsche, Jabirus, Tukane und Wasserschweine auf beiden Seiten der Straße. Weiter vorn am Straßenrand die Skulptur von einem etwa fünf Meter langen Krokodil mit offenem Maul. Ich nähere mich, um sie aus nächster Nähe zu bewundern. Doch plötzlich eine schnelle Bewegung, das lebendige Raubtier schlägt einen Haken und verschwindet im Bruchteil einer Sekunde im Sumpf. Geschockt von der unerwarteten Begegnung erfahre ich, wie schnell ein Krokodil tatsächlich sein kann, welches gerade regungslos entspannt und über das offene Maul sein Blut aufwärmt.

Zum Abendessen auf der Terrasse der wenigen Pensionen im Pantanal, schwärme ich über den Sternenhimmel. Die Terrasse ist inselförmig, rundum umgeben von Wasser, das ebenfalls leuchtet wie die Sterne, nur nicht in derselben Formation wie der Himmel. Ich frage neugierig den vorbeilaufenden Kellner:

»Wissen Sie, woher die unendlich vielen, leuchtenden Punkte im Wasser stammen?«

»Das sind Krokodilaugen«, entgegnet er gelassen, räumt den Tisch ab und verlässt die Terrasse. Verunsichert, ob die Aussage ernst gemeint war, sitze ich am Tisch, von wo sich meine Blicke auf die etwa hundert leuchtenden Punkte fokussieren. Wenn dies tatsächlich Krokodilaugen sind, dann müssten sie sich irgendwann auch regen. Minuten vergehen, keine Bewegung. Konzentriert blicke ich weiter in der Dunkelheit auf die Wasseroberfläche. Plötzlich erkenne ich aus der Entfernung ein weißes Pferd, das langsam durch das knietiefe Wasser wandert. Ich bemerke, wie sich die hellen Punkte in Paaren rühren und unter Wasser verschwinden. Das Objekt der Begierde scheint nun vierbeinig zu sein. Zu meinem Glück …

Nach zwei Tagen beschließe ich endgültig, das Pantanal-Abenteuer abzubrechen. Die Transpantaneira, die an der brasilianisch-bolivianischen Grenze endet und größtenteils unter Wasser steht, erscheint zumindest zur aktuellen Jahreszeit unüberwindbar zu sein. An manchen Stellen erweckt sie den Eindruck, ganze LKW zu verschlucken. Ein Durchkommen mit dem Klapprad? Unmöglich! Eine Wasserdurchquerung? Höchst gefährlich! Trotz abgebrochener Mission hinterlässt das Pantanal unvergessliche Eindrücke einer atemberaubenden Natur und lehrt mich wieder, wie ein kleines Kind zu staunen.

Ich kehre zurück nach Cuiaba, wo ich aufgrund fehlender Werkzeuge das Klapprad für ausgiebige Reparaturen im Fahrradladen abgebe. Das überladene Gefährt leidet bereits nach etwa

1000 km an Symptomen wie quietschenden Klappgelenken und eiernden Reifen. Eine gute Gelegenheit, um in einer Shopping-Mall ein wenig Zivilisation zu schnuppern, wo ich Iziel treffe, den ich zuvor im Pantanal kennengelernt habe, und der als privater Guide gelegentlich Führungen anbietet. Wir sitzen im Restaurant bei leckeren Pastel - eine brasilianische Version der Frühlingsrolle -, gemeinsam mit Iziels Kumpel Rodrigo.

»Deine Reise auf dem Klapprad ist beeindruckend. Iziel hat erzählt, dass du aus Deutschland kommst. Radelst du durch Cuiaba wegen der jährlichen Hitler-Feierlichkeiten?«, fragt Rodrigo. Keine leicht verträgliche Einstiegsfrage, vor allem wenn man sich erst wenige Minuten kennt.

»Hitler? Welche Feierlichkeiten?«, entgegne ich überrascht.

»Jährlich pilgern Deutsche nach Brasilien, um seinen Todestag in Cuiaba zu feiern, wo er 1984 im Alter von 95 Jahren verstorben ist«, holt Rodrigo weiter aus.

Meine Gedanken durchforsten das Langzeitgedächtnis, den Geschichtsunterricht und anderes Wissen.

»Die Wahrheit über Hitler ist, dass er am Ende des zweiten Weltkrieges Selbstmord beging«, erzähle ich Rodrigo, um ihn von meinem Wissen zu überzeugen. Jedoch wirkt seine Version überzeugender. Er setzt noch einen drauf.

»Simone Renée, Professorin an der Universität Cuiaba, veröffentlichte ein Buch über Hitlers Flucht nach Südamerika. Um seine Identität zu verschleiern, nannte er sich Adolf Leipzig und war mit einer dunkelhäutigen Frau liiert. Simone Renée will demnächst anhand von DNA-Spuren Hitlers Flucht nach Argentinien, später Brasilien beweisen.«

Zu viel des Guten. Nun ist es höchste Zeit, mein Weltbild

zurechtzurücken, oder bin ich etwa auf dem Fleck Erde gelandet, wo genau der Mensch sein Leben fortsetzte, der wie kein anderer die Weltgeschichte des 20. Jahrhunderts auf schreckliche Weise bestimmte?

»Ist es möglich, Frau Renée zu interviewen? Das wäre eine tolle Geschichte, wenn ich im Rahmen meiner Reise in Deutschland darüber berichten könnte«, frage ich neugierig und gespannt. Rodrigo schnappt sich das Handy, lässt seine Kontakte spielen und versucht, ein Interview zu organisieren. Mit ernster Miene führt er ein langes Telefongespräch. Er legt wieder auf.

»Hast du jetzt Zeit? Wir fahren an die Uni zu Frau Renée.« Rodrigo, ein Mann, der Worten Taten folgen lässt. Selbstverständlich nehme ich mir die Zeit, schließlich handelt es sich hier vielleicht um die Jahrhundert-Geschichte.

In Cuiaba herrscht Rush-Hour, jedoch nicht für Rodrigo. Seitenstreifen, Gegenfahrbahn, rote Ampeln. In Formel-1-Manier rast er durch die Innenstadt der 600.000 Einwohner großen Ortschaft. In nur wenigen Minuten erreichen wir das Hauptgebäude der Universität. Ich folge Rodrigo auf Schritt und Tritt. Einen Plan scheint er nicht wirklich zu haben, wild durcheinander fragt er Studenten, Professoren und das Sekretariat verschiedener Fakultäten nach unserer Zielperson. Die Fakultät für Mathematik hätten wir meiner Meinung nach durchaus auslassen können, aber nicht mit Rodrigo. Schließlich, im Sekretariat für Geschichte, lotst man uns zu Frau Renée ins Büro. Wir stoßen auf verschlossene Türen.

»Sie ist vor wenigen Minuten gegangen und kommt womöglich erst nächste Woche wieder«, erklärt ein Professor aus dem Nachbarbüro. Wann sie genau anzutreffen ist, dazu kann uns niemand eine Auskunft geben. Ich bemerke, wie mir soeben meine Geschichte aus den Händen gleitet. Aber Rodrigo, alias Sherlock Holmes, denkt keinesfalls ans Aufgeben, greift erneut nach seinem Handy.

»Ein guter Freund arbeitet als Polizist. Über ihn finden wir heraus, wo Frau Renée wohnt.« Nun scheinen Rodrigo alle Mittel recht zu sein. Ob die Bekanntgabe ihres Wohnortes allerdings im Sinne Frau Renées ist, wage ich schwer zu bezweifeln. Mit offenen Armen wird sie uns sicherlich nicht empfangen. Der gute Polizeifreund sieht es nicht anders, verwehrt uns die Information.

Simone Renée Guerreiro Diaz begegne ich auf meiner Reise nicht mehr. Doch die Begegnung mit Rodrigo bereichert mich um eine wichtige Erkenntnis: Was auch immer ich in Schulen, Medien, von Eltern berichtet und gelehrt bekam, muss keinesfalls der Wahrheit entsprechen. Denn auf der anderen Seite der Erde gibt es eine ganz andere Wahrheit. Renées Buch »Hitler in Brasilien: Sein Leben und sein Tod« wurde 2016 veröffentlicht, weitere Beweise möchte sie in naher Zukunft bekanntgeben. Sie und viele andere glauben an Hitlers Flucht nach Südamerika, genauso wie andere an den Tod oder Selbstmord im Berliner Bunker glauben. Vielleicht ist die Wahrheit aber auch eine ganz andere.

Im Länderdreieck

20-mal größer als Deutschland und von Tausenden Flüssen durchzogen, ist er der weltweit größte tropische Regenwald: der Amazonas. Mit 60 % erstreckt sich der größte Teil des Waldes im Nordwestens Brasiliens, reicht bis nach Peru, Kolumbien und andere südamerikanische Länder. Seine geheimnisvollen Tiefen lassen sich einzig mit Fischerbooten erreichen. Ausgangspunkt hierfür sind die wenigen Ortschaften, die sich an dem gleichnamigen Fluss ansiedeln, von der Außenwelt über Landwege abgeschnitten und nur per Flugzeug oder Schiff erreichbar sind. Mein jungfräuliches Dschungel-Abenteuer startet im brasilianischen Örtchen Tabatinga, am Länderdreieck zu Peru und Kolumbien.

Von Cuiaba angereist, das Klapprad am Flughafen vollgepackt, rolle ich los und schnuppere Tropenwald-Luft auf dem Weg zur ersten Grenzüberquerung. Doch vor dem Grenzübergang von Brasilien nach Kolumbien verursache ich einen Verkehrsstau. Neben riesigen Schlaglöchern, die unter Wasser stehen und bereit sind, ganze Autos zu verschlingen, stecke ich fest. Ich werde von Mopeds, Motorrädern und der südamerikanischen Version des Tuk-Tuks - gerne mal überladen mit vier bis fünf Personen - umringt. Doch anstatt sich über den Verkehr aufzuregen, freut man sich hier über meine Klapprad-Konstruktion, die für großes Aufsehen sorgt. Das Smartphone wird gezückt, ein Bild vom Gringo auf seinem Rad geschossen und eine schwarze Abgaswolke hinterlassen.

Nach acht intensiven und ereignisreichen Wochen rolle ich auf die brasilianisch-kolumbianische Grenze zu, wo das Brasilien-Abenteuer ein Ende findet und Kolumbien auf mich wartet. Ohne Grenzkontrolle überquere ich die Landesgrenze. Meine erste Amtshandlung lässt nicht lange auf sich warten und nennt sich: Währungstausch! Real gegen Pesos. Bevor ich das ganze Kleingeld und die Scheine zusammenkratze, spricht mich die junge uniformierte Dame am Grenzposten in der Wechselstube an - anscheinend ist sie in doppelter Funktion tätig: als Grenzbeamtin und Exchange Office in Union - und klärt den einzigen Touristen weit und breit auf: »Hier herrscht ein fester Wechselkurs unter den Ländern, außerdem können Sie mit jeder Währung in jedem Land bezahlen.«

Eine unkomplizierte und vor allem stabile Lösung. Von Währungskrisen unbeeindruckt, regiert hier die stabile Devise. Gleich hinter der Grenze, nur etwa 500 m entfernt, fließt der braune Gigant, der Fluss Amazonas. Dahinter liegt Santa Rosa, das peruanische Grenzörtchen. Fischer schippern mit ihren Booten in nur wenigen Minuten zum Nachbarland.

Nachricht von Carlos:
»Nach der Grenze auf der Hauptstraße bleiben, bei Calle 12 links abbiegen, das zweite Haus auf der linken Seite. Nach 19 Uhr findest du den Schlüssel unter der Fußmatte.«

Das Straßensystem in Kolumbien ist logisch und zugleich praktisch aufgebaut. Carreras verlaufen von Süd nach Nord mit aufsteigenden Ziffern, Calles dazu vertikal von Ost nach West. Mit etwas Übung kann man sich hier jegliche Navigationsgeräte sparen.

Über Couchsurfing kontaktierte ich Gastgeber Carlos, der meine Anfrage für drei Nächte annahm. Es ist kurz vor sieben, noch ist er zu Hause.

»Hola Cem! Que tal?« Endlich wieder eine Sprache, die ich verstehe. Nach zwei Monaten brasilianischem Portugiesisch fühlt sich Spanisch fast schon wie meine Muttersprache an, bei der ich im Gedächtnis weder nach Worten kramen noch Sätze bilden muss.

»Ich gehe arbeiten und treffe später ein paar Mädels. – Die Abwesenheit meiner Freundin muss ich ausnutzen. Wir sehen uns morgen. Ciao!«, ruft er und verschwindet. Ich schmeiße das Gepäck ins Gästezimmer und breche zu einer kleinen Erkundungstour auf.

In dem kolumbianischen Örtchen Leticia sieht es aus wie in wohl jeder anderen Stadt in Südamerika auch. Supermärkte mit riesigem Sortiment, Cafés, Restaurants, Vergnügungspark und ein Museum lassen wahrlich wenig Tropenwald-Feeling aufkommen. Die Vorstellung von indigenen Völkern, mit denen ich wild und nackt um das Feuer herumtanzen wollte, muss ich wohl begraben. Junge Polizisten klären mich darüber auf, dass der moderne Indigene Smartphone und Kabelfernsehen besitzt sowie einem normalen Job nachgeht. Instagram und Co. scheinen bis in den tiefsten Urwald vorgedrungen zu sein.

Am zweiten Tag meines Aufenthaltes stelle ich fest, dass einige meiner Kleidungsstücke nicht auffindbar sind. Carlos, mittlerweile von der Jagd zurückgekehrt, noch angetrunken, will nichts davon wissen. Eine Diskussion erspare ich mir, verlasse am selben Abend die Unterkunft und beschließe die Amazonas-Seite zu wechseln, nach Santa Rosa, von wo aus größere Boote nach Iquitos ablegen. Zur Auswahl stehen zwei Alternativen: ein Schnellboot mit gutem Essen, komfortabel und schneller Ankunft am nächsten Abend. Variante zwei: zum halben Preis in drei Tagen in einem überfüllten Frachtschiff übersetzen, mit Hängematte als Schlafplatz und Ankunft mit garantiert verdorbenem Magen. Klare Entscheidung! Natürlich nehme ich Variante zwei, schließlich bin ich ein Abenteurer.

60 Minuten verbleiben für Besorgungen. Eine Hängematte für 20.000 Pesos - umgerechnet 5 Euro -, 6 Liter Wasser, Bananen, eine Packung Arepa (kolumbianische Tortillas) und Kekse beinhaltet mein Survival-Paket für die anstehenden 72 Stunden.

Ein Fischer im Deutschland-Trikot, samt Ehefrau und Baby an Bord, schippert mich in seinem Boot auf die peruanische Seite, zu dem großen Frachter. Gemeinsam mit Hühnern,

Kühen, Enten und weniger lebendigen Fischen in Containern steige ich an Bord des verrosteten »El Gran Diego«. Mit Taschen, Tüten und eingeklapptem Rad, habe ich mich perfekt angepasst und bin kaum von meinen peruanischen Mitreisenden zu unterscheiden.

Mensch und Tier trennen sich vor dem Aufgang zum oberen Deck. Im obersten Stock, hinten an der Reling, mit Blick aus dem Schiff, befestige ich die neu erworbene Hängematte an Querstangen an der Decke. Die Freude über die Eroberung des vermeintlich besten Platzes hält jedoch nur kurz an, denn zwei junge Peruaner eilen herbei, erledigen neben mir ihr kleines Geschäft und lassen den Natursekt in den Amazonas münden. Natur pur, von der ersten Minute an! Der Umzug in den vorderen Bereich beschert mir drei Backpacker-Nachbarn aus Frankreich. Aurelie, Ezequiel und Nico. Als einzige Touristen an Bord freunden wir uns schnell an.

Nach wenigen Minuten umgibt uns ein Meer aus Hängematten. Statt ein Schaukeln in den Schlaf, verspricht die Nacht eine muckelige Hängematten-Polonaise zu werden. Südamerikaner lieben Latino-Musik. Sehr sogar! Nach dem Motto je lauter desto besser, dröhnt die Musik aus den Lautsprechern der jungen Peruaner und rückt die schreienden Kinder fast schon in den Hintergrund. Text und Klang spielen dabei keine Rolle, Hauptsache lauter als der Kontrahent.

Um 20 Uhr lässt »El Gran Diego« am Hafen von Santa Rosa Leinen los, das Amazonas-Abenteuer nimmt seinen Lauf. Zu meiner rechten Seite Nico, zur linken ein schnarchender Peruaner mit Enrique-Iglesias-Musik, liege ich eingepfercht in meiner Hängematte und entdecke an der grün lackierten, rostigen Decke über meinem Kopf ein etwa einen halben Meter großes Spinnennetz. Vom Eigentümer ist bislang noch nichts zu sehen.

Kein Dorf, kein Haus, keine Menschenseele, an dem der große Diego nicht anlegt. Schwere Container und Säcke schultern kleine, kräftige Peruaner davon und neue wieder an Bord. Die Gelegenheit für die Dorfbewohner entlang des Amazonas, das Schiff zu stürmen und selbst zubereitetes Essen aus Fisch und Fleisch sowie abgefüllte Säfte in Plastiktüten anzubieten. Die ein oder andere Fischmahlzeit macht den Anschein, nicht das erste Mal an Bord zu gehen, doch viele der peruanischen Mitreisenden scheint das nicht zu stören. Bei mir hingegen dreht sich der Magen um.

Nach Mitternacht folgt ein längerer Abschnitt ohne Stopps. Bei starkem Regen und Wellengang kämpft sich Diego mit maximaler Motorleistung flussaufwärts weiter Richtung Iquitos. Laut brummt der Motor, stark prasselt der Regen. Durch das undichte Dach tropft es auf meine Schultern herab. Dunkel und ruhig ist es um mich herum, vor allem aber eng. Wieder einmal werfe ich einen Blick zu dem Spinnennetz, diesmal mit Stirnlampe. Weiterhin keine Spur des Bewohners.

Vorsichtig steige ich aus meiner Hängematte aus, schminke mir getrost den erholsamen Schlaf ab. Wie in einem dichten Wald aus Bäumen, Gestein und Ästen kämpfe ich mir zwischen all den Seilen und auf dem Boden liegenden Menschen meinen Weg vor zum Kapitän, der auf dem zwei Fußballfelder breiten Amazonas Diego auf Kurs hält.

Der Regen hat nachgelassen, die Wolken reißen auf, Sterne werden sichtbar.

»Warum fahren Sie nicht in der Mitte des Flusses?«, frage ich ihn neugierig, da er so nah am Ufer entlangschippert, dass er herausragende Äste mitreißt.

»In der Mitte herrscht die stärkste Strömung. Unsere Reise würde mehr als eine Woche dauern«, antwortet er hellwach und gut gelaunt.

»Sind Sie nicht müde?«

»Nein! Überhaupt nicht! Die Fahrt in der Nacht auf dem Amazonas genieße ich sehr. Wenn alle schlafen, der Himmel klar ist, der Mond so hell wie eine Glühbirne scheint und die Tiere aktiv werden, erlebe ich die wahre Schönheit des Waldes«, sagt er mit zufriedener Stimme. Ich blicke in seine Augen, erkenne, dass diese Worte aus seinem Herzen kommen und welch eine Erfüllung er in seinem Kapitänsdasein gefunden hat. Wahrscheinlich gibt es nichts, was er lieber machen würde.

Ich drehe mich um, schaue über die Reling und bemerke, wie schnell sich eigentlich Gran Diego fortbewegt. Wie schnell die Seele meinem Leben vor der Reise, der Routine, den Gewohnheiten enteilt. Den Dingen, von denen ich fürchtete, sie würden mir fehlen, ich hätte die falsche Entscheidung getroffen. So viele Menschen hatten versucht, auf mich einzureden, den gut bezahlten Job, die Sicherheiten und das Umfeld nicht aufzugeben, da ich es bereuen würde. Doch ich ließ mein Herz entscheiden und brach auf. Und jetzt? Die befürchtete Reue ist nicht eingetroffen. Das Gegenteil ist der Fall. Nie zuvor fühlte sich mein Inneres besser, stärker und konsequenter an. Nie zuvor war ich so dermaßen davon überzeugt, das Richtige zu tun. Nie zuvor waren Herz und Verstand so im Einklang. Endlich gab es Raum und Zeit für meine Seele, sich zu entfalten, den Wünschen und

Zielen nachzugehen, für die sie bestimmt war. Ohne den Einfluss von außen, ohne eine Vorgabe, wie mein Lebensweg auszusehen hat. Denn hier und jetzt war alles möglich, die Ideen und Gedanken grenzenlos, die Fantasien unendlich.

Ohne ein Auge zuzudrücken, verbringe ich meine erste Nacht auf dem Frachter. Zum Sonnenaufgang serviert ein junges Mädchen eine helle, dickflüssige, breiähnliche Masse in einer Tasse, die den Anschein erweckt, schon mal gegessen worden zu sein. Ich reiche das Frühstück an den Amazonas zu meiner Linken weiter. Dankend verschlingt er es in wenigen Sekunden.

Während sich die Welt über Mülltrennung, Entsorgung und Verschmutzung den Kopf zerbricht, ist der Peruaner schon einen Schritt weiter – leider in die falsche Richtung. Cola-Dosen, Essensreste, Plastikflaschen und Windeln landen mit einem sauberen Wurf im Wasser. Auf und davon. So sieht die Amazonas-Version von Recycling aus.

Meine Körperaktivität reduzierte ich bereits auf das Minimum, um Hunger und Toilettengang hinauszuzögern. Doch jetzt meldet sich meine Blase. Der versperrte Zugang durch Gepäck und Hängematten zum Pissoir an Diegos offenem Ende zwingt mich, die Toilette aufzusuchen. Hinter einer schweren, eisernen Tür findet sich auf einem Quadratmeter die Kloschüssel mit offener Luke und direkter Weiterleitung in den Fluss, darüber ein Duschkopf. Hygiene? Ein Fremdwort. Der Gestank? Ein widerlicher Mix aus Fisch und Fäkalien. Umschalten von Luftanhalten auf Mundatmung ist angesagt.

Mit Einbruch der Dunkelheit hat die Boots-Crew dann doch etwas Unterhaltung zu bieten. Vor flimmerndem Schwarzweiß- Bildschirm versammeln sich Besatzung und Passagiere zu einem 80er-Jahre-Film mit Chuck Norris. Als wäre es die Erstaufführung, fiebern die Zuschauer gespannt und Fingernägel kauend mit.

In den folgenden zwei Nächten schafft es Diego doch noch, mich in den wohlverdienten Schlaf zu schaukeln. Mein Nachbar an der Decke - etwa Fingernagel-Größe und damit deutlich kleiner als erwartet - lässt sich schließlich blicken, entscheidet sich letzten Endes aber doch für das Eigenheim an der Decke.

Am frühen Morgen, um 4:37 Uhr, ist endlich der Hafen von Iquitos in Sicht. Sehnsüchtige Menschenmassen am Ufer freuen sich über die Ankunft ihrer Familien und Freunde. Händler stürmen das Schiff, reißen die Fischcontainer auf, schreiend läuten sie den Verkauf noch an Bord ein.

»Viel Glück beim Zirkus«, wünschen mir meine peruanischen Nachbarn, die in mir einen Einrad-Zirkus-Artisten meinen, erkannt zu haben. Im eingeklappten Zustand ist ihnen wohl das zweite Rad entgangen.

Unzählige Hostel- und Hotelbesitzer reißen sich um die wenigen Unbekannten ohne Familienempfang, die von Bord des Gran Diego gehen. Das Angebot ist groß, die Touristen wenig. Wir handeln und ergattern eine Unterkunft für umgerechnet vier Euro die Nacht.

Vom Amazonas verschlungen

Iquitos ist mit einer halben Million Einwohner die größte Stadt im peruanischen Amazonas. Über Landweg von der Außenwelt isoliert, gehört sie neben Puerto Maldonado zu den bekannten Ausgangspunkten für Ausflüge in die Tiefen des Regenwaldes.

Auf dem Plaza de Armas, dem Hauptplatz vieler lateinamerikanischen Städte, passiere ich bei einem gemütlichen Spaziergang mit meinen französischen Freunden unzählige Tourenanbieter. Der Platz wirkt fast schon wie eine Kur für den Magen nach dem wenig appetitanregenden Fischmarkt für Piranhas und Schildkrötenfleisch bei 32° C und einer Luftfeuchtigkeit von 80 %.

»Lust auf einen Ausflug in den Amazonas-Dschungel?«, frage ich spontan in die Runde. Während die unerwartete Idee für Verwirrung und Uneinigkeit sorgt, lässt das erste Angebot nicht lange auf sich warten:

»Eine dreitägige Tour in kleinen Gruppen mit Unterkunft und Versorgung für 400 Sol (umgerechnet 100 Euro). Sie treffen indigene Völker, fischen Piranhas und sichten Krokodile«, wirbt der junge Mann mit Verkaufstalent für das spannende Abenteuer. Die ohnehin offene Planung für die nächsten Tage erleichtert allen die Entscheidung: Wir sagen zu.

Persönlich trifft unser Tourenanbieter am nächsten Tag im Hostel ein und holt uns ab. Zwei Stunden dauert die Fahrt in dem kleinen Bus nach Nauta, einem winzigen Dorf am Fuß des Rio Maranon, einem Nebenfluss des Amazonas. Jorge - unser Guide und unsere Lebensversicherung für die nächsten Tage - wartet bereits im kleinen Fischerboot. Englisch? Spricht er nicht. Spanisch? Nahezu unverständlich. Überhaupt redet er kaum. Nicht gerade die besten Voraussetzungen für einen Fremdenführer. Seine Stärken müssen sicherlich woanders liegen, hoffe ich.

Kaum haben wir den Hafen von Nauta verlassen, verliere ich bereits nach wenigen Minuten die Orientierung. Jorge wechselt im Minutentakt zwischen den von Wäldern getrennten, unzähligen Flüssen, die vom Rio Maranon abzweigen. Eine kurze Fahrt auf einem Fluss, dann schießt er rechts oder links in die sattgrünen Wälder und manövriert vorbei an Ästen und Bäumen, die aus dem Wasser herausragen. Nicht gerade selten stellt die Steuerung des Bootes eine Herausforderung für ihn dar, sodass wir des Öfteren in den ein oder anderen Baum krachen. Willkommen in den Tiefen des Amazonas.

Sechs Stunden später bricht die Dunkelheit herein. Noch immer sitzen wir im Boot, warten gespannt, wann und wo wir ankommen werden. Es herrscht absolute Stille. Jorge wirkt konzentriert. Wir verheddern uns in Gestrüpp und Gebüsch. Immer wieder schieben, zerren und kämpfen wir uns Meter um Meter voran, ziehen unser Boot durch den dichten Wald. Wenn nichts mehr geht, schmeißt Jorge das Ruder hin, eilt barfuß nach vorn und zerlegt mit der Machete alles, was uns den Weg versperrt. Längst erweckt die Tour den Anschein, nicht planmäßig zu verlaufen. Ein Blick auf die Navigation meines Telefons zeigt lediglich einen blauen Punkt inmitten eines großen grünen Feldes im Nirgendwo. Selbst Google Maps ist verloren.

»Wir sind da! Lasst uns die Betten aufbauen«, verkündet Jorge plötzlich laut, springt auf ein Stück Festland, hinter ihm nichts weiter als dunkler Wald. Kein Licht, keine Unterkunft, keine Menschenseele. Genau das, was wir nicht erwartet haben. Den Inhalt der mitgebrachten Säcke schüttet er vor uns aus: Hängematten und Moskitonetze, kurzum, unsere Unterkunft. Verunsichert, erschöpft und ohne zu widersprechen begibt sich jeder einzelne mit Stirnlampe auf die Suche nach einem geeigneten Schlafplatz. Die erdrückende Tropenluft erlaubt es mir nicht, die Regenjacke abzulegen. Hunderte, gefühlt Tausende Stechmücken warten jede bewegungslose Gelegenheit ab, um die frische Beute auszusaugen. Mit nacktem Oberkörper rennt Jorge hin und her und eilt jedem von uns zur Hilfe.

»Wir haben keine Seile für die Hängematten«, ruft Nico hinter einem Gebüsch. »Auch kein Wasser!«, meldet sich Aurelie zu Wort.

Wieder rennt er, tastet vorsichtig Bäume ab, entnimmt sorgfältig und langsam mit der Machete feine, lange Stücke einer glatten Palmenrinde und verteilt diese zur Befestigung der Hängematten. Mit zwei kräftigen Schlägen trennt er beim nächsten einen faustdicken Ast, aus dem kaltes Wasser herausspritzt und hält ihn ausgestreckt in die Höhe, sodass wir das herausfließende Wasser trinken können. Längst hat sich unser gemütlicher Amazonas-Ausflug in einen Survival-Trip verwandelt.

Nicht die zirpenden Grillen, die summenden Mücken oder die schreienden Affen sind es, die mich in der Nacht aus dem Halbschlaf reißen. Das unangenehme Gefühl von prasselnden Regentropfen im Gesicht zwingt mich, aus der vom Moskitonetz umhüllten Hängematte herauszukrabbeln. Nacheinander verlassen alle ihre durchnässten Schlafplätze und suchen Schutz vor dem starken Regen. In mir breitet sich ein unwohles Gefühl aus. Schüttelfrost, Kraftlosigkeit und weiche Knie sind erste Alarmsignale meines Körpers. Rapide verschlechtert sich mein Zustand in den folgenden Stunden. Mit Fieber, Übelkeit und Erbrechen erreiche ich körperlich endgültig den Tiefpunkt. Die Angst, an Malaria oder einer anderen Tropenkrankheit erkrankt zu sein, packt mich. Die entsprechende Medizin liegt natürlich im Hostel, acht Boots- und zwei Busstunden entfernt. Genau jetzt, wo ich sie am dringendsten benötige, fehlt sie. Besorgte Blicke und Hilflosigkeit herrschen innerhalb der Gruppe.

»Keine Angst! Wir haben hier keine Malaria«, versucht Jorge zu beruhigen.

Auf die Frage, ob er sicher sei, entgegnet er:

»Mir ist kein Fall bekannt.« Eine Antwort, die mich nicht wirklich beruhigt.

Nach einer schlaflosen Nacht tragen Jorge und Nico mich

früh am nächsten Morgen ins Boot. Mit allem, was das kleine Fischerboot hergibt, rasen wir zwischen den Wäldern hindurch. Für einen Augenblick fühlt sich alles wie ein Traum an. Auf dem Boden liegend wandern meine Blicke abwechselnd zwischen blauem Himmel und angespannten Gesichtern umher. Mit langsamer Atmung, geschwächtem Körper und wenig Regung, fallen schließlich meine Augen zu.

»Wie fühlst du dich?«, höre ich eine Stimme fragen. Es ist Jorge. Auf einer von Metallfedern durchstochenen Matratze unter feinmaschigem Moskitonetz inmitten einer Holzhütte weckt er mich. Ich erinnere mich an rein gar nichts, was in den vergangenen Stunden passiert ist. Irgendwie muss ich den Weg vom Boot auf die Matratze zurückgelegt haben.

»Sind wir in Iquitos? Meine Medizin ist in der Fahrradtasche …«, nuschele ich benommen und kraftlos vor mich hin.

»Nein, Iquitos liegt weit weg. Wir sind in einem kleinen Ureinwohner-Dorf. Niemand nutzt hier Medikamente, der Amazonas mit seinen Pflanzen ist hier die Medizin der Menschen.« Er reicht mir ein Glas mit dickflüssigem, grünem Saft mit schwarzen kiwi-ähnlichen Kernen.

»Hier, trink das! Eine Mischung aus Heilpflanzen. Er wird dich stärken.« In einem Zug kippe ich den bittersauren und stechend schmeckenden Saft hinunter, der besser aussieht als er schmeckt.

Während Jorges Worte nach einem Meister-Schüler-Dialog aus einem Bruce Lee-Film klingen, versuche ich mich an das Malaria-Infoblatt vom Münchner Tropeninstitut zu erinnern. Doch mein Gedächtnis lässt mich leider im Stich.

»Mein Vater ist Schamane. Für heute Abend bereitet er eine Ayahuasca-Zeremonie vor. Danach fühlst du dich besser«, verspricht Jorge.

»Was ist Ayahuasca?«

»Ein Pflanzensaft, den jeder Dorfbewohner einmal im Monat im Rahmen einer Zeremonie - geführt von einem Schamanen - zu sich nimmt, der Körper und Seele reinigt«, erklärt er.

Eine Internetleitung, Google und Wikipedia entfalten genau in solchen Momenten ihre wahre Stärke und könnten Aufschluss darüber geben, was einem bevorsteht. Ein Blick auf das Handy signalisiert allerdings: kein Netz.

Noch wäre es nicht zu spät, einen Rückzieher zu machen, jedoch möchte mein miserabler Gesundheitszustand nach jedem Strohhalm greifen, der nur ansatzweise eine Besserung verspricht.

Gegen Mitternacht erreichen wir auf dem Wasser eine dunkle Bambus-Hütte auf Holzstegen. Die Ein-Raum-Konstruktion mit fenstergroßen Öffnungen zu jeder Seite und einem großen, aufgespannten Moskitonetz mit darunterliegenden Kissen, Decken, Teppichen und einer Kerze als einzige Lichtquelle wartet auf die Teilnehmer. Ohne Begrüßung nimmt Jorges Vater mit beiden Händen mein Gesicht in seine Hände, schaut mir in die Augen und brummelt unverständlich vor sich hin. Seinen Kopfbewegungen zu entnehmen, ist mein Gesundheitszustand nicht dramatisch. Im Schneidersitz nehme ich gemeinsam mit meinen französischen Freunden den Platz auf den Kissen ein.

Wie der Sohn, ist auch der Vater kein großer Redner. Mit 86 Jahren, asiatischen Gesichtszügen und schwer verständlichem Spanisch erläutert er den Ablauf. Jorge übersetzt kurz und knapp: Ayahuasca trinken, Tabak einatmen, übergeben und liegen bleiben. Geübt bin ich bereits seit mehreren Stunden in Schritt drei und vier. Jorge setzt fort: »Es können unerwartete Nebenwirkungen auftreten wie starker Durchfall und Halluzinationen.«

Wir bilden einen Kreis. Für das Erbrochene gibt's für jeden eine Holzschale, die vor sich zu platzieren ist.

Jorges Vater reicht nacheinander jedem in einer Holztasse das schwarze Getränk. Eine kurze Geruchsprobe dreht mir sofort den Magen um. Ich atme tief ein, schließe meine Augen und schlucke es herunter.

Dann legt er los. Mit einem trockenen Blumenstrauß wedelnd pustet er den starken, ungefilterten Tabak aus nächster Nähe in unsere Gesichter und singt, als würde er Geister beschwören. Es dauert nicht lange, bis Nico den Kreis verlässt, um den Gang zur Toilette anzutreten. Aurelie und Ezequiel übergeben sich und füllen ihre Schalen nach zwei weiteren Tabakzügen. Allerdings mag der magische Amazonas-Trunk bei mir nicht wirklich anschlagen. Nachdem ich gefühlt eine ganze Marlboro Schachtel eingeatmet habe, fordert mich Jorges Vater auf, mich zu übergeben. Schließlich, nach mehreren Stunden singen, rauchen und pusten landet das letzte Stückchen aus meinem Magen in der Schale und ich auf dem Teppich.

Mit den ersten Sonnenstrahlen weckt uns Jorge. Geschwächt und schwindelig, doch ohne eine Spur von Fieber, Übelkeit und Durchfall trete ich den langen Rückweg nach Iquitos an. Jorge und seinem Vater habe ich es zu verdanken, dass ich wieder sitze und auf eigenen Beinen den Amazonas verlassen kann. Während Jorge das Boot aus dem dichten Wald manövriert, hängen meine

Gedanken an den Bildern der letzten 48 Stunden: wie Jorge barfuß den Dschungel durchquerte, aus Ästen kaltes Wasser fließen ließ, aus Baumrinden Seile konstruierte und mich mit Pflanzensäften gesund pflegte. Während er oberkörperfrei durch den Dschungel lief, war ich mit teurer Funktionskleidung ausgerüstet, um Insektenstiche abzuwehren. Dann rufe ich mir das Leben zu Hause in den Sinn: den Job im Büro, Sport im Fitnessstudio, Freunde Treffen in Cafés und Bars, Essen in Restaurants. Ich frage mich, wie normal doch jedem Einzelnen sein Leben vorkommt, das er führt, das aber letzten Endes doch so verschieden ist, von allen anderen. Bedeutet dies nicht zugleich, dass jeder Mensch sein eigenes, persönliches »Normal« definiert und dieses als Maßstab nutzt, ohne zu wissen, wie sein Gegenüber es sieht?

Jorge kann weder schreiben noch lesen, jedoch besitzt er andere Fähigkeiten. Sie helfen ihm, in der Wildnis zu überleben, unabhängig zu sein. Er verbringt mehrere Monate im Dschungel, ohne eine Menschenseele zu treffen, und bedient sich an den Schätzen der Natur. Alles, was er hierfür braucht, ist eine Machete und eine Hängematte.

Kleiner Abstecher ins Land der Mitte

Baron Alexander von Humboldt, so heißt die Straße der Unterkunft, auf dessen Terrasse ich mit Belen und Dobi sitze. Nein, nicht in Deutschland, sondern im gehobenen Viertel Gonzalez Suarez von Quito, der Hauptstadt Ecuadors. Vor 48 Stunden noch in den Amazonas-Gewässern, genieße ich nun die Tasse Latte Macchiato neben meinen Münchner Freunden mit Blick über die höchste Hauptstadt der Welt. Belen und Dobi gründeten das Institut AIDA in Quito - ein Studentenaustauschprogramm zwischen Ecuador und Deutschland - und erfüllten sich damit ihren Traum vom Leben in einem der vielfältigsten Länder der Erde. Die offenen Menschen und die abwechslungsreiche

Landschaft überzeugten sie, deshalb kehrten sie Deutschland den Rücken. Eine Rückkehr planen sie vorerst nicht. Ich hingegen kann über die Rückkehr meiner Kräfte und Gesundheit nicht klagen, auf die ich bei den anstehenden Etappen im Andenhochland mehr denn je angewiesen sein werde.

Die ungewohnt dünne Luft in 2800 Metern über dem Meeresspiegel und die Tortur der letzten Tage machen mir zu schaffen. Es ist Zeit für etwas Erholung und Akklimatisierung.

So ganz nebenbei brachte die Isolationszeit im Amazonas mein E-Mail-Postfach zum Überlaufen, mit unzähligen Nachrichten aus China. Jobangebote, Interviewtermine, Einladungen von Automobilherstellern. Hochkonjunktur für deutsche Ingenieure auf dem fernöstlichen Arbeitsmarkt. Man war gefragter denn je.

Während meiner Postfach-aufräum-Aktion klingelt das Handy, eine unbekannte Nummer mit Vorwahl +86.

»Hallo, hier spricht Joy aus Peking.«

Gerade noch alle Anfragen gelöscht, folgt prompt die Einladung auf telefonischem Wege. Abwimmeln lässt sich Joy nicht, sie bleibt hartnäckig.

Ein Jahresgehalt von etwa 300.000 Euro, Wohnung, Auto und eine Führungsposition umfasst das verlockende Angebot. Wie kontrovers das Leben doch sein kann: Gerade erst saß ich bei Kerzenlicht in einer einfachen Bambushütte vor einer Schale meines Erbrochenen, nun erhalte ich ein Viertel-Millionen-Angebot aus der internationalen Metropole Chinas.

»Hören Sie sich alles vor Ort in Shanghai auf der Autoshow an, entscheiden Sie danach. Flug- und Übernachtungskosten übernehmen wir.«

Nicht das Angebot, sondern die Möglichkeit, mir selbst einen Eindruck von der Wirtschaftsmacht China zu verschaffen, weckt plötzlich meine Neugier. Seit Jahren vermelden deutsche Automobilhersteller Rekordumsätze im Land der aufgehenden Sonne, nun greifen die Chinesen selbst mit viel Geld und internationalen Ingenieuren nach dem Thron.

Bis vor ein paar Minuten sah mein Plan vor, mich zu erholen und dann weiter nach Kolumbien zu radeln. Nun der Anruf. Ich zaudere nicht lange, sage zu, denn eine bessere Gelegenheit für ein China-Abenteuer wird sich so schnell nicht ergeben. Kaum aufgelegt, landen Buchungsbestätigung für Flug und Hotel im Postfach. Joy reagiert schnell und lässt keinen Raum für Unschlüssigkeit und Absagen.

48 Stunden später. Delta Airlines Flug DL680 verlässt das Rollfeld vom Internationalen Flughafen Mariscal Sucre von Quito nach Atlanta. Nach einem weiteren Zwischenstopp in Tokyo, lande ich 32 Stunden später endlich in Shanghai Pudong. Mittlerweile im Reisemodus empfindet mein Körper kaum einen Unterschied zwischen Flug, Bus- oder Fahrradfahrt. Hellwach warte ich an der Grenzkontrolle auf den ersten China-Stempel im Reisepass. Der weniger gut gelaunte Grenzbeamte mit strenger Miene blättert in meiner Pass-Lektüre, über ihm eine mächtige China-Flagge. Skeptische Blicke wandern zwischen voll gestempelten Seiten und meinem Gesicht hin und her. Ein Kollege eilt ihm als Übersetzer zu Hilfe.

»Wie lange bleiben Sie in China und was haben Sie vor?« Übliche Frage, misstrauischer Gesichtsausdruck. Joy hatte mir zuvor eingeschärft, auf diese Fragen mit »72 Stunden« und »Sightseeing« zu antworten. In Shanghai und einigen weiteren chinesischen Städten herrscht eine 144-Stunden-Visafreie-Transit-Sonderregelung. Da reagiert der Mann in Uniform etwas angespannt, wenn ein Neuling das erste Mal sein Land ohne Visum betritt.

Nach intensiver Befragung und Überprüfung meines Rucksacks klebt er letzten Endes den Visa-Sticker in mein Stempel-Heftchen und erteilt mir die Eintrittsberechtigung für das Reich der Mitte.

Zwei junge Männer mit einem Schild mit der Aufschrift »Mr. Oxuluc« in der Empfangshalle müssen sich zunächst telefonisch rückversichern, dass die abzuholende Person Oezulus heißt, bevor die Taxifahrt zur Unterkunft starten kann.

Sie bringen mich im 4-Sterne International Hotel Vienna unter, womit ich auf dieser Reise wohl sämtliche denkbaren Unterkunftskategorien erlebt habe, die ich mir denken kann. Von Zelten, Hängematten, Bettwanzen bis Luxus deckt mein Repertoire inzwischen die gesamte Palette ab.

An der Rezeption jedoch keine Spur von Vienna und vier Sternen. Die junge Dame mit Dauerlächeln versteht kein Englisch, ich kein Chinesisch. Wenn neben der Sprache auch Handzeichen nicht mehr helfen, hilft nur noch der Google-Sprachassistent, mit dem sogar ganze Konversationen geführt werden können. Übersetzungsrichtung Deutsch nach Chinesisch auf dem Handy einstellen, in das Mikro hineinsprechen, kurz warten und übersetzende Stimme seinem Gegenüber hinhalten. Fertig ist der Check-in.

Am nächsten Morgen habe ich eine Mitteilung von Joy:

»Der verantwortliche Manager hat den Interviewtermin auf heute Mittag vorgezogen. Könnte ich dich vorher noch in der Lobby treffen?«

Ursprünglich sollte der Tag nach der Ankunft zur freien Verfügung stehen. Jetzt nicht mehr. Auf Joys Nachricht hin begebe ich mich in die Lobby, wo ich zwei Dutzend internationale Krawattenträger aus aller Welt antreffe. Mittendrin eine junge, zierliche Asiatin in Hosenanzug, die mir zuwinkt.

»Hallo, du musst Cem sein!«

»Und du Joy!«

»Herzlich Willkommen in China! Wie geht es dir? Bist du bereit für das Gespräch?«

Bis auf das für mich weniger essbare Frühstück aus Algen, Frittiertem und eingelegten Eiern am zehn Meter langen Buffet, geht es meinem Gemütszustand blendend. Inmitten der gefüllten Lobby mit internationalen Gästen werde ich neugierig.

»Alles Kandidaten aus der ganzen Welt, die auf ihr Interview warten. Genauso wie du«, erklärt Joy und deutet auf die Menge.

Angestellte von Tesla, Mercedes, BMW, Toyota und viele andere, denen mit Dollar-Scheinen und großen Karrieren gewunken wurde, warten mit Ledermappe, polierten Schuhen, teuren Anzügen und Krawatten wahrscheinlich auf das Gespräch ihres Lebens. Ich hingegen fühle mich mit Turnschuhen, ungebügeltem Hemd und der einzigen Hose im Gepäck etwas fehl am Platz. Rein äußerlich werde ich das Rennen hier sicherlich nicht für mich entscheiden.

Joy führt die Kandidaten in das Hotelrestaurant, wo sie von Managern empfangen werden, die die Interviews führen sollen.

Zwei Männer mittleren Alters in maßgeschneiderten Anzügen lösen mich aus der Gruppe. Mit etwa dreieinhalb Stunden folgt das längste Interview meines Lebens, über Familie, Freunde Ziele und Expertise.

»Wir melden uns bei Ihnen«, lautet der abschließende Satz, ohne eine Miene zu verziehen.

Zurück in der Lobby besiegeln Handschläge die ersten Zusagen, wohingegen andere samt Gepäck das Hotel in Richtung Flughafen verlassen.

»Wie ist es gelaufen?«, fragt Joy und gesellt sich zu mir.

»Schwer zu sagen. In ein paar Tagen melden sie sich«, antworte ich erleichtert über das Ende des Pflichtteils. Sie drückt mir die Eintrittskarte für die Shanghai-Motor-Show in die Hand und bestellt ein Taxi. Zeit für den Vergnügungsteil.

Unsere Anwesenheit scheint den Taxifahrer sichtlich nicht zu interessieren. Die Zubereitung des Mittagessens im Reiskocher und der laufende Fernseher auf dem Beifahrersitz während der Fahrt erwecken den Eindruck, dass er nicht wenige Stunden des Tages im Auto verbringt.

Zeitgleich mit der Ankunft vor den großen Messehallen bei gigantischen Werbeplakaten von chinesischen Autoherstellern, flankiert von eher kleineren BMW-, Mercedes- und Audi- Werbebannern, läutet die Klingel am Reiskocher das Mittagessen ein.

Wir betreten das Messegelände des Shanghai New International Expo Centre, bestehend aus 14 Hallen und einer

Fläche von 250.000 Quadratmetern, was etwa einer Größe von 35 Fußballfeldern entspricht. Bei einer Messedauer von zehn Tagen ist es ein Paradies für jeden Autofanatiker: Tanzeinlangen, Shows, laute Musik, spektakuläre Fahrzeugvorstellungen. Sobald man die Eingangstore hinter sich lässt, fällt es schwer, zu sagen, ob man sich gerade in Frankfurt, L.A. oder Paris aufhält. China, die Weltmacht, lässt die Muskeln spielen und präsentiert sich selbstbewusst, was die Zukunft der Automobilindustrie angeht.

ZOTYE, Dongfeng, Haval, Wey, Changan. Sagt mir alles nichts. Ich erfahre, dass es sich um einheimische Automarken handelt, die in Sachen Design und Qualität den Großen der Welt die Stirn bieten und in fast nichts nachstehen. So manch einer der traditionellen Hersteller aus Europa wirkt daneben fast schon wie eine kleine Manufaktur.

»1.000.000 SUV-Fahrzeuge hat Haval letztes Jahr allein in China abgesetzt«, verkündet Joy stolz mit Hinblick auf wachsende Zahlen von chinesischen Autos. Und was ist mit BMW, Audi und Mercedes? Auch sie verdienen hier noch kräftig und dürfen ihre Fahrzeuge an chinesische Kunden vertreiben. Allerdings nur in Kooperation mit einheimischen Herstellern und der Offenlegung ihrer Technik. Doch wie sieht es in ein paar Jahren aus, wenn man auf das Know-how von BMW und Co. nicht mehr angewiesen ist? Die Manager von heute, die sich für die Absatzzahlen auf die Schulter klopfen lassen, haben hoffentlich einen Plan in der Schublade liegen, wenn der größte Markt, nämlich China, irgendwann mal seine Tore schließt und den Deutschen den Marktzugang verwehrt.

In den folgenden Tagen springt nicht wirklich der Funke

über, was ein Leben in Shanghai angeht. Sicherlich ist mein Aufenthalt zu kurz, um zu urteilen, jedoch führen der Verkehr, die Sprachbarriere, verschlossene und nicht immer freundliche Menschen bereits dazu, dass mir die faule und herzliche Mentalität Südamerikas jetzt schon fehlt.

Nur zwei Tage später sitze ich am Boarding Gate des Shanghaier Flughafens, auf dem Weg zurück nach Ecuador. Neben mir zwei Männer in dunklen Anzügen mit teuren Uhren und Tablets in den Händen, vermutlich europäischer Herkunft, tauschen sich über den vergangenen Geschäftstermin aus. Ich stelle mir vor, an ihre Stelle zu schlüpfen, in das Leben, das ich seit Jahren bestens kenne. Wieder zurück im Geschäftsleben, mit Business-Flügen auf Dienstreisen, in teuren Hotels, Terminen, Meetings und Projekten. Dann schwenke ich in Gedanken auf die letzten Wochen, Erlebnisse, Abenteuer und die bevorstehenden Monate. Das völlig gegensätzliche Leben, in dem ich keine Geldeinnahmen habe, von meinem Ersparten lebe und reise. Zum ersten Mal seit Ende des Studiums vor 14 Jahren ging kein monatliches Gehalt auf mein Konto ein. Darauf zu verzichten glich vor der Reiseentscheidung noch einer Suchtbekämpfung. Horrorszenarien malte ich mir aus, obwohl ich einige Monate ohne Gehalt auskommen und jederzeit einer beliebigen Arbeit nachgehen könnte. Doch jetzt fühle ich mich frei, unabhängiger denn je. Ich reise seit Monaten mit zwei Taschen, habe alles bei mir, was ich zum Leben brauche und fühlte mich nie reicher als jetzt. Ich bemerke, dass ich in eine neue Welt eingetreten bin, die in mir einzigartige Gefühle auslöst, auf die ich nicht mehr verzichten möchte - weil ich in ihr lebendig bin.

Die Stimme durch die Lautsprecher verkündet den Beginn des Boardings. Ich ziehe den Rucksack über die Schulter, blicke auf das Flugticket mit der Destination Quito. Was auch immer für eine Rückmeldung das Interview liefert, mein Herz hat bereits entschieden. Aus irgendeinem Grund hat es einen Weg eingeschlagen und zieht mich unaufhaltsam hinter sich her. Mein Herz hat die Kontrolle über mich, ist so laut wie nie zuvor, nachdem ich es jahrelang ignoriert habe. Nun halte ich es nicht mehr auf. Warum auch? Es fühlt sich richtig an.

Mit dem Klapprad auf der »Traumstraße«

Nur wenige Stunden nach der Ankunft in Quito bepacke ich das Fahrrad, um die wohl anspruchsvollste Etappe der Reise, die berüchtigte Panamericana durch das Andenhochland, anzugehen.

Zum Sonnenaufgang starte ich Richtung Norden, zur kolumbianischen Grenze. Umgeben von Bergen und Vulkanen muss ich bereits in den ersten Minuten ordentlich kämpfen, um aus dem Kessel von Quito herauszukommen. Nur langsam trete ich auf den steilen Hügeln in die Pedale meines Klapprades. Das dünne Halstuch über Mund und Nase schützt meine Atemwege nur bedingt vor den Abgasen des vorbeirollenden Verkehrs. Ich spüre, wie sich Rußpartikel auf der Haut absetzen. Rücksichtslos hupen, drücken und drängen mich Busse, LKW und Autos von der Straße. Kein Seitenstreifen, keine Ausweichmöglichkeit. Nur wenige Zentimeter trennen mich von den Blechkarossen. Dünne Höhenluft, schweres Gepäck und die Hitze rücken dabei schon fast in den Hintergrund. Im niedrigsten Gang quäle ich mich den nächsten Anstieg hoch. Gemeinsam mit Belen analysierte ich die Strecke aus der Stadt hinaus. Mir wird nun klar, dass sie recht damit hatte, mich zu bitten, ein Taxi oder zumindest den Bus bis an den Stadtrand zu nehmen, das sei am sichersten und einfachsten. Doch ich entschied mich dagegen. Die sieben Kilometer könnten nicht so schlimm sein, dachte ich mir. Falsch gedacht, sie kosten Kraft und Nerven, sind gefährlich und bringen mich an meine Grenzen. Doch jetzt heißt es durchbeißen. Noch zwei Kilometer bis zur Panamericana.

Die Karte auf meinem Handy zeigt eine Alternativroute an, die von der Hauptstraße weg führt und eine Abkürzung zu sein scheint.

Ich halte an, blicke zurück. Die Sicht von hier auf die Stadt ist atemberaubend. Umgeben von gewaltigen Bergen und dem 4784 Meter hohen Vulkan Pichincha, ruht Quito – erbaut auf dem Fundament einer Inka-Siedlung – in einem Talbecken auf 2850 Metern über dem Meeresspiegel. Ich habe schon unzählige Bilder geschossen, aber noch einmal ziehe ich die Kamera heraus und drücke auf den Auslöser. Ein vorbeirollender Lastwagen reißt mich hupend aus meiner Versonnenheit. Schnellstens packe ich meine Kamera wieder ein und verlasse die Hauptstraße.

Mit nur einer Abbiegung lande ich in einer völlig anderen Welt. Hier ist keine Spur mehr von der reichen Kolonialstadt und dem Weltkulturerbe. Ich radle vorbei an aneinandergereihten

Häusern, deren Fassaden bröckeln, einfache Wellbleche bilden die Dächer. Kinder spielen barfuß auf dem aufgerissenen Pflaster, die ganze Wohngegend erweckt den Eindruck eines Armenviertels. Vorsichtig umfahre ich mit den kleinen 20-Zoll-Reifen große Schlaglöcher und die vielen Steine auf der Straße. Eine Reifenpanne käme jetzt äußerst ungelegen, denn sie würde mich um eine Tagesetappe zurückwerfen. Vor mir liegen etwa 70 Kilometer und 1500 Höhenmeter bis nach Tabacundo, das ich noch bei Tageslicht erreichen will.

Ich lasse die Wohngegend hinter mir und fahre auf einen steilen Schotterweg, der mich entlang einer Felswand hinab ins Tal führt. Schwere Arbeitsfahrzeuge räumen große Felsbrocken aus dem Weg, die der starke Regen der vergangenen Tage aus den Seitenhängen gelöst hat. Ich schiebe mein Fahrrad daran vorbei und fahre weiter, bis ich zu einer Absperrung gelange. Ein Erdrutsch hat die Hälfte des Weges dahinter weggerissen. Links die Felswand, rechts ein gut 40 Meter tiefer Abgrund. Weniger als zwei Meter sind von dem lehmigen Weg übriggeblieben. Die Karte bestätigt den Anschluss an die Panamericana einige Hundert Meter dahinter. Aus der Entfernung kann ich bereits die schmale, steile Zufahrt erkennen.

Einen Augenblick lang überlege ich umzudrehen. Nein, ich muss da durch! Ich nehme all meinen Mut zusammen und schiebe mein Fahrrad vorsichtig um die Verbots- und Hinweisschilder herum, die sehr deutlich auf die Gefahr eines Absturzes hinweisen. In kleinen Schritten, mit dem Rücken zur Wand, ziehe ich das vollgepackte Klapprad durch den Matsch. Das Ziel im Visier, konzentriere ich mich auf jeden Schritt. Nach etwa 30 Metern ist es geschafft. Ich atme tief durch. Leicht rollt mein

Klapprad die letzten Meter bis zur Auffahrt hinunter. Nochmals kurzes Anschieben, et voilà!

Willkommen auf der Traumstraße, dem Mythos - der Panamericana! Sie ist das längste Schnellstraßensystem der Welt und erstreckt sich über zwei Kontinente: von Nord- nach Südamerika, von Alaska bis nach Feuerland.

Auf dem Seitenstreifen der gut asphaltierten, vierspurigen Straße nehme ich endlich Fahrt auf. Mit jedem Kilometer, den ich mich von Quito entferne, entspannt sich der Verkehr. Ich trete kaum in die Pedale, verliere Höhenmeter um Höhenmeter.

Die Straße schlängelt sich mitten durch die imposante Bergwelt, links und rechts steile Andenhügel, die mich staunen lassen. Der blaue Himmel und die unendliche Weite geben mir das Gefühl, als würde ich durch ein Naturgemälde radeln. Erleichterung und Ruhe kehren zu mir zurück. Ich spüre, wie die konstante Bewegung und die Anstrengung meine Seele sich regenerieren lassen, ich die Strapazen und das Erlebte verarbeite und es mir wieder gelingt, auf mein Inneres zu hören.

Nach etwa 30 Kilometern Abfahrt legt die Panamericana plötzlich den Schalter um – die nächsten 30 Kilometer erklimme ich die verlorene Höhe wieder. Ich schalte vom höchsten Gang zurück in den ersten. Den zunehmenden Verkehr blende ich inzwischen aus, dafür zerrt es nun an meinen Kraft- und Wasserreserven, beide neigen sich dem Ende zu. Kurz vor Einbruch der Dunkelheit erreiche ich endlich Tabacundo. Unweit davon erblicke ich den Vulkan Cayambe, umhüllt von einer Wolkendecke.

Der Ort wirkt trostlos, verlassen und wenig attraktiv, auch im Zentrum. Geschlossene Läden, Mango- und Avocadoverkäufer, die Fliegen von ihren Ständen vertreiben und nur eine Handvoll Menschen auf der Straße. Spontan entscheide ich, heute noch zum nächsten Etappenziel Otavalo weiterzufahren. Doch von nächtlichen Überlandfahrten mit dem Fahrrad auf südamerikanischen Straßen wurde mir vehement abgeraten.

Ich stelle mich an die Straßenseite und strecke die Hand aus. Der erste Bus lässt nicht lange auf sich warten.

»Tut mir Leid, keine Fahrräder!«, sagt der Busfahrer, der ausgestiegen war, um das Gepäck einzuladen. Er dreht wieder um, steigt ein. Ich renne ihm nach, bevor die Tür schließt:

»Warten Sie!« Hastig führe ich ihm den Klappmechanismus des Rades vor.

»Ist das Fahrrad denn kaputt?«, fragt er sichtlich beeindruckt, steigt aus und öffnet die Türen der Gepäckladeflächen. Mir fehlt die Kraft für eine Erklärung. Er kassiert ab. Zwei Dollar für mich und weitere zwei für das Übergepäck.

Es gibt nur noch Stehplätze im Gang, der Bus ist voll besetzt. Die Augen der Einheimischen sind allesamt auf mich gerichtet. Mit schüchternen Blicken mustern sie mich eingehend, scheuen aber jeden Blickkontakt. Großes Kino! Fragt sich nur für wen. Ich ertappe mich dabei, wie ich meinerseits neugierig ihre traditionellen Kleider bewundere. Die Männer in Wollponchos und Filzhüten, die Frauen in dunklen Röcken mit farbenfrohen Ketten und Armbändern. Längst wäre in derselben Situation in Brasilien eine Konversation oder ein Körperkontakt bereits voll im Gange, in Ecuador dagegen ist man etwas zurückhaltender.

Ohne große Erwartungen erreiche ich Otavalo, umso schöner ist die Überraschung am nächsten Morgen. Abgesehen von der atemberaubenden Landschaft auf 2.500 Metern und den umliegenden Vulkanen Imbabura und Cotacachi, lädt das angenehme Flair im Stadtzentrum zum längeren Verweilen ein. Traditionell gekleidete Einwohner, die kolonialen Bauten, der Friedhof der indigenen Bevölkerung mit beeindruckenden Gräbern und der Indiomarkt mit bunter traditioneller Kleiderware sind nur einige Attraktionen der reichsten Stadt des Landes und des Zentrums der Textilindustrie Ecuadors.

Von Otavalo aus nehme ich Kurs via Ibarra nach Tulcán, wo ich auf 3.000 Metern über dem Meeresspiegel die ecuadorianisch-kolumbianische Grenze überquere.

Die Route über Ipiales und Pasto nach Popayán verlangt mir alles ab und bringt mich in den kommenden Wochen sowohl körperlich als auch seelisch an meine Grenzen. Anstiege von mehr als 2.200 Höhenmetern und flache Etappen von bis zu 150 km stehen auf der Tagesordnung. Starke Regenschauer, Kälte und Sonnenschein wechseln sich in kürzester Zeit unvorhersehbar ab. Die Panamericana kennt keine Gnade. Bremsbeläge, Schläuche und Reifen – alles ist nach nur wenigen Wochen aufgebraucht. Fahrradhändler in den größeren Städten versorgen mich mit den nötigsten Ersatzteilen aus China.

Während Begegnungen mit Reisenden in Ecuador auf der Panamericana ausblieben, treffe ich in Kolumbien dagegen auf einige. Aussteiger, junge Pärchen und Rentner auf vollgepackten Rädern. Ihr Ziel heißt Patagonien. Traumerfüllung, sich selbst finden, Durchbrechen der Alltagsroutine lauten die Gründe für den Aufbruch.

»Durchquere zügig Mittelamerika, am besten sogar in einem LKW. Zu gefährlich sind die Straßen. Kolumbien? Einfach nur traumhaft! Du wirst es lieben!«, schwärmt Jean-Claude, 66 Jahre, pensioniert, der vor elf Monaten in Alaska gestartet ist. Die Gespräche auf dem Fahrrad sind von kurzer Dauer, denn vor Einbruch der Dunkelheit möchte jeder sein Tagesziel erreicht haben.

Meine Unterkünfte wechseln zwischen Couchsurfing bei Einheimischen, Hostels und Pensionen. Die beiden Letzteren eignen sich bestens, um Klamotten zu waschen und abzuschalten. Gespräche mit Backpackern in Hostels zeichnen sich durch den Wiederholungsfaktor aus und wirken auf mein Gehirn erholend. Woher kommst du? Seit wann und wie lange reist du? Welche Orte kannst du empfehlen? So ungefähr sieht der Fragenkatalog aus.

Eine Unterkunft bei Privatpersonen verspricht das Eintauchen in eine andere Welt, eine Gelegenheit, Interessantes über sie und ihre Kultur zu erfahren. Je mehr sich die Lebensweisen und Persönlichkeiten neuer Bekanntschaften meiner eigenen unterscheiden, desto größer ist meine Selbsterkenntnis. Als würden sie mir einen Spiegel aus unbekannten Perspektiven vorhalten, bei denen ich neue Seiten, Eigenschaften und Fähigkeiten an mir selbst entdecke.

Salsa tanzen in Cali

Über Popayán geht's durch die Provinz Valle del Cauca, vorbei an grüner Vegetation, sanften Hügeln und herrlichen Seen. Kilometerlange Bananen-, Zuckerrohr- und Kaffeeplantagen bestimmen den letzten, flachen Abschnitt vor der Ankunft in der drittgrößten Stadt Kolumbiens, Cali. Die 2,4-Millionen-Einwohner-Stadt wird auch die Hauptstadt des Salsa genannt. Für meinen Aufenthalt kontaktierte ich über die Couchsurfing-Website mehrere Personen. Natalia war die Erste, die auf meine Anfrage antwortete:

»Hola Cem, du bist herzlich willkommen! Ich komme etwas später nach Hause und hole dich beim Grillrestaurant auf der gegenüberliegenden Straßenseite ab. Probiere das Essen, es schmeckt fantastisch. Hier meine Adresse …«

Wenige Sekunden später folgt die zweite Nachricht. »Kannst du Salsa tanzen?«

Außer der einfachen Variante der türkischen Folklore und lockeres Hüftschwingen in der Disco, prallten alle Tanzkünste bislang an mir ab. An Samba in Brasilien gescheitert, nehme ich jetzt Anlauf für Salsa.

Kaum bin ich im besagten Grillrestaurant angekommen, wird ein älteres kolumbianisches Pärchen mit seiner Tochter auf mich aufmerksam. Sie laden mich zu sich an den Tisch ein. Ich stelle mein Klapprad samt Gepäck ab und setze mich in verschwitzten Klamotten dazu, was die drei jedoch nicht zu stören scheint.

Nach kurzem Kennenlernen und ersten Bieren liegen wir uns bereits in den Armen, lachen und tanzen. Camila, die Tochter, führt mir zum wiederholten Mal die Tanzschritte auf dem Gehweg vor, während Salsa-Musik aus den Lautsprechern des Restaurants dröhnt.

»Ich glaube, vor uns liegt noch sehr viel Arbeit«, höre ich eine weibliche Stimme etwas besorgt hinter mir sagen. Es ist Natalia.

Küsschen links, Küsschen rechts und eine herzliche Umarmung, besser hätte es in Kolumbien nicht beginnen können. Ich verabschiede mich von meiner Kurzfamilie und begebe mich mit Natalia auf den Heimweg.

Sie ist Anfang 30, arbeitet im Vertrieb für einen Großhandel für Haushaltswaren und teilt sich die Wohnung mit ihrem Cousin. »Wenn Reisende aus aller Welt zu mir kommen, ihre Abenteuer und Erlebnisse mit mir teilen, habe ich das Gefühl, dass ich selbst reise«, erzählt sie mit strahlenden Augen und reicht mir ein sauberes Handtuch.

»So, jetzt hast du eine halbe Stunde, dich fertig zu machen, dann gehen wir tanzen.« Eine Wahl scheine ich nicht zu haben.

Kurze Zeit später stehe ich bereits auf der Tanzfläche der Tanzschule »SalsaPura - Baile sin fronteras« (Tanze ohne Grenzen) mitten in San Antonio, dem angesagtesten Viertel Calis, neben Natalias Freundinnen Maria und Carla. Kurze Vorstellung, Umarmung, Küsschen auf die Wange und dann drehe ich mich auch schon um die eigene Achse. Schritte nach links, Schritte nach rechts, Tanzpartnerin drehen, nach vorne und dann wieder zurück – so einfach kann Salsa sein. Der lockere Hüftschwung ist zum Teil den weichen Knien geschuldet, die nach acht Stunden Fahrradfahren immer noch stehen. Der Trockenübung folgt gleich die Praxis in Tanzlokalen in der Nachbarschaft. Cali in der Nacht kann man sich ungefähr folgendermaßen vorstellen: Tanzlokal, Straßenverkäufer mit Kochständen, Tanzlokal und wieder Kochstände.

Natalias Programm bietet in den frühen Morgenstunden noch eine Sightseeing-Tour durch Cali. Ermita-Kirche, Cayzedo-Platz, prunkvolle Regierungsgebäude und zu guter Letzt die Christus-Statue, die in südamerikanischen Städten nicht fehlen darf. Zu ihren Füßen lassen wir uns nieder und bewundern die Lichter der Stadt.

Mit einem Hauptschulabschluss in Tanzen angereist, habe ich es Natalia, Carla und Maria zu verdanken, dass ich Cali mit einem Diplom in Salsa und unvergesslichen Erinnerungen verlasse.

Ich reise weiter in den Norden Kolumbiens, nach Salento, die älteste Gemeinde Quindios. Sie gehört zu den bedeutendsten

Kaffeeregionen Kolumbiens und ist Ausgangspunkt für Ausflüge in die atemberaubende Landschaft des Cocora-Tals, wo ich Zeuge eines Naturspektakels werde: Kühe neben Palmen. In einem Tal voller Wachspalmen bestaune ich, wie sie zwischen dem Palmengewächs grasen. Spätestens nach Cali und Salento hat auch mich das Kolumbien-Fieber gepackt. Neben Bergseen, Vulkanen und Straßen, die in 3.000 Metern Höhe über Wolken verlaufen, sind es die Menschen, die Kolumbien zu einem einzigartigen Erlebnis machen.

Die so oft als Traumstraße bezeichnete Panamericana wird nur selten ihrem Namen gerecht. In Ecuador und Kolumbien verlaufen verkehrstechnisch die gefährlichsten Abschnitte der Weltstraße. Nicht selten höre ich schwere Fahrzeuge im Rücken heranrasen, schließe meine Augen und hoffe, dass sie einfach nur an mir vorbeiziehen.

Die Nachricht über den verunglückten Fahrradfahrer zwischen Salento und Perreira trübt meine Stimmung und hilft gerade wenig, das mulmige Gefühl abzulegen. Die andere Gefahr lauert in kleinen Dörfern. Menschen, die sich mir in den Weg stellen und versuchen, mich mit ausgebreiteten Armen aufzuhalten. »Du darfst niemals anhalten! Egal was sie dir erzählen. Sonst rauben sie dich aus!«, lautet der Hinweis einiger Straßenverkäufer, den ich mir zu Herzen nehme. Ohne Rücksicht lege ich an Tempo zu, um sie in einem Bogen zu umfahren und durchfahre zügig die Ortschaften.

Ich habe es aufgegeben, Südamerikaner nach Entfernung oder Zeit zu fragen, denn das Gefühl hierfür scheint nicht vorhanden zu sein. Hier können 10 Minuten etwa eine Stunde oder 2 km einfach mal 10 km bedeuten.

Als eine Traumstraße würde ich die Panamericana also weniger bezeichnen, doch definitiv ist sie eine Abenteuerstraße. Neben der atemberaubenden Natur, den spannenden Städten und Begegnungen mit Menschen birgt sie unvorhersehbare Gefahren und Überraschungen. Wer Abenteuer sucht, wird hier fündig. Vielleicht bildet sie mit ihren Höhen und Tiefen aber auch nur das wahre Leben ab.

Das Land an der Karibikküste

Medellin ist, nach Bogota die zweitgrößte Stadt Kolumbiens und zugleich die reichste und innovativste. Früher bekannt für Kriminalität und Drogenkartelle, gehört sie heute mit ihrer Textilindustrie, dem Kaffeeanbau und der Blumenproduktion zu den bedeutendsten Städten Südamerikas.

Aus vorherigen Reisen ist sie mir bereits bekannt. Das Zentrum ist kaum von europäischen Metropolen zu unterscheiden, doch bestehen viele andere Teile der Stadt aus Favelas. Trotz des Fortschritts und der rasanten Entwicklung gibt es Viertel, um die man besser einen großen Bogen macht.

In Medellin erwartet mich ein kurzfristig angekündigter

Besuch. Andi, mein Kumpel aus Barcelona, entschied spontan, mich für sechs Wochen zu begleiten. Natürlich auf einem Klapprad, versteht sich – das war meine einzige Bedingung.

Treffpunkt und Zeit auf einer langen Reise festzulegen, gleicht einer Wettervorhersage für die nächsten drei Monate, denn man weiß nie, wen man kennenlernt oder wo man hängenbleibt. Doch Andi war flexibel und vollbrachte eine Punktlandung, er traf zeitgleich mit mir in Medellin ein. Zu meinem Glück! Denn gleichzeitig mit Andis Ankunft stellte ich fest, dass meine Kreditkartendaten gestohlen wurden, mit denen bereits rund um den Globus Geld abgehoben wurde. Bei Abbuchungen von jeweils 200 € in Singapur, Indonesien und den USA innerhalb von wenigen Minuten schlug das schlaue Sicherheitssystem der Bank Alarm und erkannte, dass selbst ich nicht in Lichtgeschwindigkeit reisen kann. Bis zum Erhalt einer neuen Karte trägt meine Bank den Namen Andreas.

Der Tayrona Nationalpark an der Karibikküste Kolumbiens ist unser erstes gemeinsames Ziel. Vor Ankunft nahm ich übers Internet Kontakt mit Javier auf, der mit seiner Frau Ingris abseits der vielen Unterkunftsmöglichkeiten lebt.

»Nach dem Supermarkt rechts abbiegen, über die Holzbrücke, dann einfach dem Weg folgen, er endet direkt an meinem Haus«, lautet die Wegbeschreibung. Klingt einfach, ist es aber keinesfalls. Der Holzbrücke fehlt etwa jede zweite Holzplatte. Nicht gerade vertrauenerweckend spannt sie sich zwischen zwei Bäumen, etwa zehn Meter über dem 30-40 Meter breiten, reißenden Fluss auf. Der Weg nach der Brücke gibt es einfach nicht. Fahrräder samt Gepäck schieben wir durch Dschungel, Wasser und Stein den steilen Hügel hinauf. Nach zwei Stunden erscheint auf dem Berggipfel ein einsames Haus mit großer Terrasse. Javier, Anfang 60, lichtes Haar mit kleinen Zöpfchen, eilt uns entgegen und nimmt uns unser Gepäck ab. Ingris reicht uns frisch zubereitete Limonade. Ihre drei Hunde, Papagei Lorito und Stinktier Sophie weichen uns nicht von der Seite.

Weit ab von Menschenmassen haben sich die beiden - ursprünglich aus Bogota - das Grundstück vor zwei Jahren zugelegt und versorgen sich selbst. Von der Vielfalt, die sie umgibt, können viele Bio-Supermärkte nur träumen. Kakao, Mango, Papaya, Stevia, Banane, Kokos, Avocado, Sternfrucht, Hanf, Yucca, Aloe Vera, Ananas und vieles mehr schießt hier aus dem Boden.

»Ein einziger Samen auf den Boden geschmissen wächst in wenigen Wochen schon zu einem Baum heran. Das fruchtbarste Land. Ein Stück Paradies«, schwärmt Javier und reißt die Arme voller Freude in die Luft. Vor einigen Jahren noch von der FARC und den Paramilitärs kontrolliert, hauptsächlich für Kokaanbau genutzt, hat die Regierung nach dem Friedensabkommen große Teile des Landes wieder übernommen und an Bauern verteilt. Die meisten von ihnen waren jedoch mit der Größe und dem Anbau überfordert, sodass sie ihr Land zu günstigen Preisen verkauften.

»Ein französisches Pärchen, ein Holländer und zwei junge Australier haben hier Grundstücke gekauft und bauen Hostels darauf«, erklärt Javier bei einem Spaziergang durch den Dschungel der Sierra Nevada, während ich meine Taschen mit von Bäumen gefallenen Avocados und Mangos fülle.

Zwei Hektar für 30.000 Dollar kann man hier erstehen. Der

Gedanke, ein Stück Paradies zu besitzen, dort, wo die Karibik auf den Dschungel trifft, fesselt Andi und mich so sehr, dass wir den Besuch im Tayrona Park aufschieben. Javier vereinbart für uns Termine mit Grundstücksbesitzern.

Bei Affengebrüll und Tukan-Gequake braucht es keinen Wecker. Früh weckt uns der Dschungel. Gemeinsam mit Javier starten wir in den Tag und machen uns auf den Weg zur ersten Besichtigung. Der potenzielle Verkäufer heißt Senor Alcidez. Sein zwei Hektar großes Land liegt etwas höher im Hang, erstreckt sich über zwei Hügel, mit freiem Blick auf die Karibik.

»60.000 Dollar und wir können noch heute den Kaufvertrag abschließen«, sagt Alcidez und streckt seine Hand aus. Deutlich über unserem Budget.

Als nächstes folgt das Land von Don Pedro, ein sympathischer Kaffeebauer mit einem versteckten, hügeligen Grundstück mitten im Dschungel, dessen geographische Koordinaten wir speichern müssen, da ein Wiederfinden einem Glücksspiel gleichkommt. Während wir die 180 Kaffeebäume von Don Pedro bewundern, klingelt das Handy von Javier. Der Anruf richtet sich an uns. Es ist Alcidez. »55.000 Dollar. Einverstanden? Ich setze den Vertrag auf«, brüllt er durch den Hörer.

Kurz darauf folgt auch schon der nächste Anruf bei Javier. Im Dorf hat sich inzwischen offenbar herumgesprochen, dass zwei Gringos sich auf Shopping-Tour befinden. Angebote fliegen nur noch so herein. »Es ist Jose Angel. Er besitzt mehrere Grundstücke«, lässt Javier uns wissen. Ein halbes Dutzend Dorfbewohner folgen uns mittlerweile und begleiten die Tour. Gespannt wartet man hier, welche Entscheidung fällt. Großes

Kino für das kleine Dorf. Mit Macheten zerstückeln sie Bäume und Äste abseits von ausgetretenen Pfaden und räumen den Weg frei zu unserer nächsten Anlaufstelle. Wir laufen nur noch orientierungslos hinterher.

Auf Jose Angels Anwesen haben sich bereits weitere Verkäufer versammelt, die unsere Ankunft kaum erwarten können.

»Zwei Hektar für 50.000!«, ruft der eine.

»60.000, inklusive einer kleinen Hütte!«, der andere.

»45.000!!!«, wieder ein anderer.

Zwischendurch Alcidez am Telefon: »Vertrag steht. 50.000!«

Manch einer schiebt Andi sogar eine andere Summe zu als mir, obwohl nur wenige Meter uns trennen. Hier will man um jeden Preis verkaufen.

Wir haben genug, kehren zurück in unsere Unterkunft. Mit Blick über den Dschungel der Sierra Nevada, dahinter die Karibik, liegen wir in Hängematten und überlegen, wie wir dem Chaos Herr werden können.

»Gibt es eine Übersicht, einen Plan, vielleicht so eine Art Grundbuch?«, frage ich Javier.

»Den gibt es nicht. Aber es gibt jemanden, der helfen kann«, entgegnet er.

Am nächsten Tag sitzt dieser jemand mit Laptop am Frühstückstisch. Es ist Oskar, Mitte 30, ein ruhiger, besonnener Typ. In seinen Äußerungen durchdacht und strukturiert, passt er nicht wirklich in das Bild. Eindeutig der Intellektuellste im Dorf. Er kann uns selbst erstellte Grundstückspläne und eine Liste der Verkäufer präsentieren.

»Von Alcidez und Jose Angel rate ich ab, da sie keine offiziellen Papiere von ihren Parzellen besitzen.« Wen wundert`s.

Irgendwie wollte der Funke bei ihnen auch nicht wirklich überspringen. Ohnehin sind fast alle Angebote mit etwa der halben Kaufsumme aufgelistet, als uns angeboten wurde. Zwischen 25.000 - 35.000 Dollar. Wenn das mal nicht ein lupenreiner Touristen-Aufschlag war. Weiter unten in der Liste erscheinen zwei Großgrundbesitzer mit 66 Hektar. Einer von ihnen trägt den Namen Don Edgar.

»Er besitzt mit Abstand den schönsten Fleck. Sein Land ist nicht bebaut, entspricht der ursprünglichen Sierra Nevada mit Wasserfällen, frei herumlaufenden Tieren und Wildnis. Mit 80.000 Dollar außerdem recht günstig«, spricht Oskar seine Empfehlung aus. Während Andi und ich bereits träumen und Pläne schmieden, vereinbart Javier am Telefon einen Termin mit Don Edgar.

Vierter und zugleich letzter Tag am Tayrona Park, den wir nur aus der Entfernung, von Javiers Terrasse bewundern, bevor wir ins 40 km entfernte Santa Marta weiterreisen. Zwei Tage länger als ursprünglich geplant, trotzdem zu kurz, um dem Park einen Besuch abzustatten. Jedoch trauern wir ihm nicht nach, denn die Touristenmassen am Parkeingang schrecken uns ab. Die zufällige Idee eines Grundstückskaufs entpuppte sich als perfekte Gelegenheit, in die Welt der Einheimischen einzutauchen und mehr über sie zu erfahren. Es ermöglichte uns den Zugang zu unentdeckten Pfaden und atemberaubender Natur, die wir auf eigene Faust niemals aufgespürt hätten. Wieder einmal lehrt mich die Reise: Pläne zu schmieden, den Weg festzulegen, beruhigt einzig und allein die Seele. Letztendlich hält das Leben zahlreiche Überraschungen und Unerwartetes für mich bereit, auf das ich gefasst sein sollte.

Die Fahrräder gepackt treffen wir für unseren letzten Termin Don Edgar. Vielleicht Ende 50, etwa 1,60 m groß, wenig gesprächig, marschiert er zügig in Badelatschen den Schotterweg hoch. Vorbei an allen Grundstücken wird es bald sehr einsam um uns herum. Etwa eineinhalb Stunden folgen wir ihm, bis wir das Eingangstor des Grundstücks erreichen.

»Bitte schön, das ist das Land!« Er deutet auf einen gigantischen, grünen Dschungel, als würde er eine Zwei-Zimmerwohnung präsentieren. Nur, wie besichtigt man 66 Hektar? Wir steuern die Hauptattraktion, den Wasserfall, an und entscheiden uns im Anschluss für den höchsten Punkt im gesamten Gebiet um den Tayrona Park. Sattgrüne Landschaft, eine unendliche Weite, Bananenbäume so weit das Auge reicht, der Gesang von Colibris und das karibische Meer. Nur, was würden wir mit so viel Land anfangen? Touren durch den Dschungel anbieten? Vielleicht ein Hostel errichten? Oder Kaffee und Kakao für den Export anbauen? Es sind nur einfache Ideen, die uns in den Sinn kommen.

»Die flachen Stellen eignen sich besonders gut zum Bebauen. Einzig die Anbindung zur Hauptstraße fehlt.« Da hat Don Edgar recht, doch daran soll es nicht scheitern. Andi und ich sind uns einig, das Stück Paradies soll uns gehören. Zwischen Don Edgar und uns liegt nur noch eine abenteuerliche Kaufabwicklung in Kolumbien, die wir zum Reiseende vollziehen wollen. Wir schlagen ein und brechen sofort auf nach Santa Marta.

Nur etwa 40 km liegt unser nächstes Ziel entfernt. Mit Einbruch der Dunkelheit passieren wir das Ortsschild. Wenige Kilometer verbleiben bis zur Unterkunft, dem Hostel Espanoleta im Stadtzentrum. Auf der zweispurigen, engen Straße nimmt der Verkehr zu. Wir durchfahren ein Viertel, das sehr nach Armenviertel aussieht: überirdische, fast schon selbst gebastelte Stromleitungen mit schief hängenden Masten, einfache Häuser aus Ziegelsteinen und Zelte. Bauern mit Pferdekutschen, Menschen, die in beide Richtungen laufen und die Straße überqueren, füllen den etwa ein Meter breiten Seitenstreifen und bieten wenig Platz zum Radeln, dazwischen Hunde. In Südamerika wimmelt es nur so von aggressiven und herrenlosen Straßenhunden. Beißattacken, knurrende und bellende Verfolgungen fingen bereits in Brasilien an. Zu Beginn habe ich versucht, auszuweichen oder davonzufahren, doch merkte ich bald, dass ich keine Chance habe. Inzwischen halte ich mein Tempo, versuche, sie zu ignorieren und verteidige mich bei Angriffen auf das Fahrrad mit Tritten.

Es herrscht absolutes Chaos am Straßenrand, ein einziges Durcheinander. Zudem ist es dunkel, einzig das Scheinwerferlicht des Verkehrs hellt die Straße unregelmäßig auf. Plötzlich springen drei Hunde aus der Menge vor uns auf den Weg, die ich zunächst nur bellen höre, kurz darauf kann ich sie im Licht erkennen. Rechts von mir reiht sich eine Gruppe von Menschen, links zieht der überholende Verkehr vorbei, kaum Platz zum Ausweichen. Ich trete kräftiger in die Pedale, beschleunige und fahre bei höchster Geschwindigkeit auf sie zu. Sie werden schon beiseite springen, wenn sie erkennen, dass ich nicht gewillt bin zu stoppen, hoffe ich.

»Nicht anhalten, Tempo hochhalten!«, rufe ich Andi über meine linke Schulter zu, der mir dicht folgt.

Jetzt würde auch das Bremsen nicht vor einem Aufprall schützen. Kurz vor dem Zusammenstoß springen zwei von ihnen zurück auf den Seitenstreifen, der andere in die Gegenspur. Im nächsten Augenblick höre ich einen dumpfen Knall. Dann Schreie und Rufe. Im Augenwinkel kann ich Andi nicht finden. Ich bremse ab, blicke zurück. Sein Fahrrad liegt auf dem Boden. Er schreit und jagt rennend einem Mann hinterher, der mit Fahrradtaschen in den Händen über die Bahngleise in die dunkle Wohnsiedlung sprintet. Auf der anderen Straßenseite liegt der vom rasenden Verkehr erfasste Hund, den ein Auto mit voller Wucht erwischt hat. Die Autos rollen weiter, niemand hält an. Wie ein Film spielt sich in wenigen Sekunden alles vor meinen Augen ab. Ich schiebe mein Klapprad zügig zu Andis, damit es sich niemand krallt und davonfährt.

»Sag deinem Freund, er soll da nicht hineinlaufen. Es ist Santa Martas gefährlichste Gegend«, warnt mich ein herbeieilender LKW-Fahrer.

»Andi! Komm zurück! Wir müssen sofort weg von hier!«, rufe ich ihm mit hastigen Handbewegungen laut hinterher. Er bleibt stehen, dreht um. Zeit für Fragen und Erklärungen haben wir nicht. Irgendwo in der Dunkelheit, zwischen all den verwahrlosten Häusern, verschwindet sein Gepäck. Wir stehen unter Schock, setzen uns auf die Fahrräder und verlassen schleunigst das Viertel.

Wenn Wasser plötzlich das wichtigste Gut wird

»Habt ihr noch eure Reisepässe und Handys?«

»Ja, haben wir!«

»Okay. Wir kümmern uns um den Fall und melden uns bei euch.«

Auf diese Fragen mit einem Ja zu antworten, bedeutet in Kolumbien so viel wie: Wertsachen noch vorhanden, damit ist der Fall abgeschlossen. Die kolumbianische Polizei ist tiefenentspannt. Raubüberfälle gehören hier zur Tagesordnung und spielen eine untergeordnete Rolle. Den Gang in die Polizeistation hätten wir uns getrost schenken können. Gemeldet hat sich niemand. Wem hier seine Gegenstände am Herzen liegen, sollte einen ganz anderen Auftritt hinlegen. Die Erfolgsaussichten dürften steigen, wenn man auf allen Vieren kriecht, eine Szene macht und dramatisch verdeutlicht, dass Hab und Gut verloren gegangen sind. Für den nächsten Überfall sind wir gewappnet.

Mit den Taschen sind Andis Klamotten, Werkzeug und Ersatzteile verloren. Ein Verlust, den wir verkraften können und der uns um eine weitere Erfahrung in Südamerika bereichert. Genau wie die schönen Dinge gehört dieses Risiko eben zur Reise dazu und fährt immer mit. Im Bewusstsein dieser Gefahren zog ich von Anfang an den Reiz des Abenteuers vor. Denn das war nun mal der Preis, den ich zahlen musste und nicht verhindern konnte.

Die Sonne brennend heiß, der Asphalt bereits aufgeheizt brechen wir am nächsten Morgen auf und lassen Santa Marta hinter uns. Die Stimmung ist bedrückt. Groß vorbereitet haben wir uns auf die heutige Etappe nach Barranquilla nicht. Noch immer sitzt der Schock vom Überfall tief in den Knochen, sodass wir es nur schafften, uns mit dem Nötigsten einzudecken. Nur eine kleine Flasche Wasser und einfache Snacks steckten wir ein, die an der Rezeption des Hostels ausgelegt waren. Schließlich finden sich entlang des Weges immer wieder Möglichkeiten wie Straßenverkäufer, wo man sich mit Essen und Trinken versorgen kann. Ein kurzer Blick auf die Karte verspricht außerdem einen flachen Streckenabschnitt entlang der Küste ohne große Überraschungen. 103 km misst die Entfernung von Santa Marta nach Barranquilla, also etwa fünf bis sechs Stunden.

Während wir in hohem Tempo eine Ortschaft nach der anderen durchfahren, schweifen meine Gedanken ab. Wieder einmal realisiere ich, dass auf einer Fahrradreise kein Tag dem anderen gleicht. Jeder Tag ist ein Abenteuer. Jeder Tag konfrontiert mich mit neuen Erlebnissen, die verstanden, bewältigt und verarbeitet werden müssen. Jeder Tag lehrt, dass einzig das Unerwartete zu erwarten ist. Und die beste Art, das Erlebte zu verarbeiten und einzuordnen, heißt für mich Fahrrad zu fahren. Vor allem auf langen Abschnitten, weit entfernt von bewohnten Gebieten und Menschen, wo es ruhig um mich wird und nicht einmal der vorbeirauschende Autoverkehr mich aus den tiefen Gedanken reißt. Der Abschnitt von Cienaga nach Barranquilla verspricht genau dies - eine lange gerade Straße, eine Art Damm, zu beiden Seiten von Wasser umgeben, als würde sie mitten durch das Meer verlaufen und beide Städte verbinden. Doch bis nach Cienaga liegen noch etwa 25 km vor uns. Unser Weg dorthin führt durch einfache Wohngegenden. Touristische Sehenswürdigkeiten und Touristen selbst sucht man hier vergeblich, stattdessen ist man den Einheimischen zum Anfassen nahe. Auf Klappstühlen am Straßenrand sitzend, beobachten die älteren von ihnen neugierig den vorbeifahrenden Verkehr. Andere warten sehnsüchtig mit großen Eimern und Kanistern auf den Frischwasser-LKW, der nur langsam vorankommt und die Menschen in der Gegend mit Trinkwasser versorgt, was ein Problem zu sein scheint. Doch alles nichts Ungewöhnliches für die Küstenbewohner, bis wir auftauchen. Denn Reisende auf dem Fahrrad erlebt man hier an der Karibikküste so selten wie den sibirischen Winter. Sie winken, schreien oder rufen uns zu. Nicht wenige springen auf die Straße oder strecken ihre Arme aus, um uns aufzuhalten oder zu berühren. Vermutlich gehören wir zu den Hauptattraktionen des Tages. Doch nach der gestrigen Erfahrung fühle ich mich kaum wie ein Tour-de-France-Radfahrer, der den Jubel genießt. Andi ruft bereits von hinten: »Weiter, weiter. Nicht anhalten!« Auch wenn die Situation nicht bedrohlich wirkt, möchten wir kein Risiko eingehen. In großem Abstand zum Seitenstreifen und hohem Tempo setzen wir die Fahrt fort.

Mit Cienaga verabschieden wir uns auch vorerst von dem letzten bewohnten Gebiet und endlich kehrt Ruhe ein. Unsere Stimmung hellt auf. Die ständige Aufmerksamkeit und Wachsamkeit abzulegen, wirkt befreiend und erleichternd. Auf der langgezogenen, geraden Strecke radeln wir sogar phasenweise mitten auf der Fahrspur nebeneinander, scherzen und lachen. Es sind solche Momente, die wir vermisst haben.

Dann, ein gutes Stück zurückgelegt, fragt Andi:

»Ist dir auch so heiß oder knallt nur mir die Sonne so heftig auf den Schädel?«

Tatsächlich habe ich den Temperaturanstieg in den vergangenen Minuten genauso wahrgenommen. Der heiße Fahrtwind von vorne, die brennende Sonne von oben und der glühende Asphalt von unten fühlen sich an wie die letzten Sekunden eines Saunagangs, den ich kaum noch aushalte. Auch die Vegetation um uns herum hat sich mit jedem Kilometer verändert. Sandige Wüstenlandschaft und Kakteen auf beiden Straßenseiten haben den Platz der tropischen Landschaft eingenommen. Einzig das etwa zweihundert Meter entfernte Meer, welches durch den sandigen Landstrich von der Hauptstraße getrennt ist, gibt Hoffnung auf eine Erfrischung.

»Lass uns kurz ins Wasser springen!«, schlage ich vor. Abrupt und ohne Worte hält Andi an, als wären ihm die gleichen, erlösenden Gedanken durch den Kopf gegangen.

Wir schieben die Fahrräder vorbei an Kakteen und stacheligem Busch durch den tiefen Sand, bis wir ans Wasser gelangen. Jedoch erweist sich dieser kurze Ausflug bereits nach wenigen Minuten als Fehler: Ein Kaktusdorn hat sich in meinen Reifen gebohrt. Zurück an der Hauptstraße nehme ich die Taschen ab, baue den Reifen aus und ersetze den Schlauch. Doch nach wenigen Kilometern das gleiche Problem: wieder ein platter Reifen. Inzwischen steht die Sonne senkrecht, brennt mir in den Nacken und auf die Schulter, während ich den wenigen Minuten alten Schlauch auswechsele. Es vergehen fast zwei Stunden, in denen wir nicht mehr als 5 km zurücklegen.

»Hast du eigentlich noch was zu trinken?«, frage ich völlig erschöpft mit Blick auf meine leere Wasserflasche und pumpe währenddessen den Reifen auf. Andi schüttelt nur mit dem Kopf. Ich ärgere mich über unsere Fahrlässigkeit, unsere Leichtsinnigkeit, so was passiert uns sonst nie. Wir haben eher zu viel dabei als zu wenig.

»Na ja, bestimmt taucht gleich irgendein Stand vorne auf«, murmele ich vor mich hin und sattele das ganze Gepäck für die Weiterfahrt wieder auf.

Doch die erhofften Stände, die sonst so zahlreich überall und an jeder Ecke zu finden sind, bleiben aus. Womöglich ist genau dieser Abschnitt für sein unerträgliches Klima bekannt und wird deshalb von den Händlern gemieden.

Nach weiteren 20 km und etwa 40 km vor Barranquilla sind wir endgültig völlig dehydriert und ausgelaugt. An eine Weiterfahrt ist kaum noch zu denken. Wir bleiben stehen. Ich reiße meine Arme in die Höhe, versuche vorbeifahrende Autos anzuhalten, um nach Wasser zu fragen. Jegliches Rufen, Schreien und Gestikulieren bleiben erfolglos. Weder in die eine noch in die andere Richtung hält irgendjemand an. Dann, einige Hundert Meter weiter, entdecken wir endlich einen am Straßenrand stehenden Reisebus, den wir voller Hoffnung ansteuern.

»Señor, wir brauchen unbedingt Wasser. Haben Sie vielleicht eine Flasche Wasser für uns? Wir zahlen auch«, flehe ich den Busfahrer am Steuer des vollbesetzten Busses an.

Doch ohne Worte startet dieser den Motor, schließt die automatische Tür und fährt davon. Wir haben mit allem gerechnet, mit einem »Nein«, mit einem »Leider haben wir auch nichts dabei« oder »Braucht ihr Hilfe? Soll ich euch mitnehmen?«, aber ganz und gar nicht mit solch einem unmenschlichen Verhalten. Von einem Moment auf den anderen schlägt mein Gefühlszustand um. Mein Durst und unsere Wassernot rücken in den Hintergrund. Ich bin wütend, gereizt, empört über die Reaktion der Menschen und definitiv entschlossen, nicht mehr nach Hilfe zu fragen.

»Komm, lass uns los! Vergiss diese Leute. Lieber falle ich tot um, als dass ich hier noch einmal jemanden anflehe. Wir radeln so lange, bis irgendein Stand, Laden oder eine Tanke auftaucht", stimme ich Andi energisch auf die verbleibenden Kilometer ein.

Ohne einen Stopp, ohne Worte und ohne einen Blick auf die vorbeifahrenden Autos strampeln wir fokussiert in Richtung Tagesziel. Es ist die Wut in meinem Bauch und kaum noch die Körperkraft, die mich antreiben. Sie ruft die letzten Kraftreserven in mir ab und lässt mich über meine Grenzen hinauswachsen. Meine Arme und Beine zittern. Es fällt mir schwer, den Lenker zu halten. Mit jeder Umdrehung der Pedale spüre ich die Krämpfe wie Messerstiche in meinen Waden, doch Anhalten ist keine Option mehr. Nach anderthalb Stunden ist es dann endlich geschafft. Wir passieren das Ortsschild von Barranquilla und stürmen auf wackeligen Beinen die erste Einkaufsmöglichkeit, eine Tankstelle. Jeder von uns schnappt sich so viele Flaschen, wie er nur tragen kann. In nur wenigen Minuten fließen drei Liter kaltes Wasser meinen Rachen hinunter. Während wir erschöpft neben dem Eingang zur Tankstelle auf dem Boden sitzen, stelle ich fest, wie die bisher selbstverständlichste Sache in meinem Leben heute zum kostbarsten Gut wurde.

Ciao Südamerika! Ich werde dich vermissen

Mehrmals hat uns Javier vor der Grenzüberquerung von Kolumbien nach Panama gewarnt. Das Schnellstraßensystem der Panamericana von Alaska nach Patagonien weist einzig an diesem Grenzabschnitt eine Unterbrechung auf. Der Grund liegt zum einen an ihrem Weltkulturerbe, dem Nationalpark Darien, welcher den Straßenausbau verhindert. Zum anderen an Drogenkartellen, die das Grenzgebiet kontrollieren. Da wir kein Interesse daran haben, weitere Gepäckstücke oder Schlimmeres zu verlieren, steigen wir kurzerhand in ein Flugzeug, das uns in die Hauptstadt Nicaraguas, Managua, bringt.

Das Straßenbild von Managua prägen die Busse des

öffentlichen Verkehrs, genannt »Chicken-Bus«. Die aussortierten, bunt bemalten, amerikanischen Schulbusse transportieren neben Menschen und Gepäck auch Kleintiere wie Hühner und Enten. Offenbar stört es die Erwachsenen nicht, dass auf Monitoren brutale Schläger- und Horrorfilme laufen, die von den Minderjährigen mit großer Spannung verfolgt werden. Immerhin lenkt es vom schlechten Zustand der Verkehrsmittel ab.

Auch in Managua ist es ratsam, die Fotokamera nicht offen zu präsentieren. Auf dem Mercado Oriental, dem zentralen Markt für allerlei Sachen, von Obst, Gemüse bis hin zu Klamotten, warnen mich Verkäufer, die Kamera lieber einzustecken. Auf meiner Liste der attraktivsten Hauptstädte nimmt Managua mit Abstand den letzten Platz ein. Sowohl kulturell, architektonisch als auch touristisch hat es wenig zu bieten, was uns die Entscheidung erleichtert, weiter in Richtung der Pazifikküste Mittelamerikas aufzubrechen.

Auf unserem Weg in den Norden, über El Transito nach Leon, verfolgen uns Pech, Pannen und Pleiten. Die Bilanz nach nur 30 km: vier platte Reifen. Das aufgestockte Ersatzteillager verbrauche ich fast im Alleingang. Auf der Downside schlagen noch ein Radlagerschaden, angerissene Radmäntel, gebrochenes Pedal und quietschende Scharniere zu Buche. Das Klapprad schwächelt.

Da hilft nur noch eins: den einen Daumen raushalten, den anderen drücken und auf eine Mitfahrgelegenheit hoffen.

LKW-, Auto- und Busfahrer brettern bei höchster Geschwindigkeit an uns vorbei. In solchen Momenten wünsche ich mir, eine blonde, langhaarige, schlanke Europäerin zu sein.

Allein die Anwesenheit einer solchen Frau dürfte wohl in wenigen Minuten einen Stau am Straßenrand verursachen, zwei verschwitzte, bärtige Fahrradfahrer scheinen dagegen nicht hoch im Kurs zu stehen. Nach zwei Stunden und kurz vor Einbruch der Dunkelheit kommt endlich die Rettung: der Chicken-Bus. Neben Menschen, Gepäck und Tieren, bietet er noch Platz für zwei gestrandete Fahrradfahrer. Tatsächlich gibt es kaum etwas, was der Chicken-Bus nicht transportiert - bereits jetzt gehört er für mich zu den Highlights Nicaraguas.

Leon, die zweitgrößte Stadt nach Managua, besticht durch ihre kolonialen Bauten, der Kathedrale Basilica de la Asucion und den gemütlichen, lebensfrohen Menschen. Sie ist der Ausgangspunkt für viele Touristen in die umliegende Vulkanlandschaft und bekannt für ihre Dichter und Helden. Nebenbei bietet sie die Möglichkeit, Ersatzteile zu beschaffen und die nächste »Vulcanizadora« aufzusuchen, die nichts mit Vulkanen zu tun hat. Wie der gute Bäcker in Deutschland um die Ecke, darf der Vulkaniseur in keiner Ortschaft fehlen. Wahrscheinlich die sicherste und einfachste Geschäftsidee Südamerikas, die von schlechten Straßenzuständen profitiert und in nur wenigen Minuten LKW-, Bus-, Auto- und sogar Fahrradreifen sofort einsatzbereit flickt. Spitzer Gegenstand wird entfernt, aufgeheizter synthetischer Kautschuk geschmiert, über Elektroden an einen Stromkreis angeschlossen und schon ist der Reifen wieder fahrbereit.

Den 9. und 12. Juni, die Geburtstage von Andi und mir, verbringen wir auf der Durchreise von Honduras und El Salvador. Beide Länder laden uns nicht zum Bleiben ein. Schwer bewaffnetes Sicherheitspersonal und Polizei bewachen Tankstellen sowie andere Einrichtungen des täglichen Lebens. Es treibt uns weiter in das angrenzende Nachbarland im Norden, nach Guatemala. Obendrein meldete sich für Guatemala City ein weiterer Besuch an. Jenny, eine Freundin aus München, für eine Dienstreise in San Francisco angereist, entschied sich kurzerhand, sich uns für einige Tage anzuschließen - mit einem alten, gebrauchten Klapprad, welches sie für 200 Dollar ergatterte.

Zu später Stunde erreichen wir die Hauptstadt Guatemalas. Gähnende Leere herrscht auf den Straßen. Spätestens jetzt sehne ich mich nach den lebendigen Nächten Südamerikas und erinnere mich an die Worte Jean Claudes: »Durchquere zügig Mittelamerika.« Ich gebe ihm recht, denn die Mentalität Mittelamerikas konnte mich bisher nicht überzeugen.

Kurz vor Mitternacht treffen wir Jenny im Hostel Capsule und brechen gemeinsam zu einem späten Abendessen auf. Das Restaurant La Mezquita in der Altstadt mit spanischer Küche ist unsere Anlaufstelle, um die vergangenen Geburtstage und Jennys Ankunft zu feiern. Später stellt sich allerdings heraus, dass der einen Block weiter gelegene McDonald‘s vielleicht die bessere Wahl gewesen wäre. Meinem Gericht folgt prompt die Quittung in Form von Magen-Darm-Beschwerden, Fieber und Gliederschmerzen. Unsere erste gemeinsame Fahrt am nächsten Morgen, mit dem Tagesziel Antigua, müssen wir ausfallen lassen und auf ein Taxi umsteigen. Vier Personen – mittlerweile ist ein kolumbianischer Tourist zu uns gestoßen -, drei Fahrräder und jede Menge Gepäck haben wir zwar beim Taxistand angemeldet, doch der Fahrer taucht mit dem Kleinstwagen Kia Picanto vor dem Hostel auf.

»Senor, das funktioniert nicht. Vier Personen und drei Klappräder. Wir haben ein größeres Taxi bestellt«, äußere ich kraftlos und angeschlagen meine Bedenken, die er ignoriert.

Eine andere wichtige Lektion der Reise lautet: In Süd- und Mittelamerika ist nichts unmöglich. Kurzerhand werden Fußmatten als Basis auf dem Dach platziert und schon stapelt der kleine Guatemalteke alle drei Fahrräder zu einem Turm aufeinander und befestigt diese mit einem Seil an der Fahrzeugkarosserie.

»Vamos!«, ruft er hektisch und setzt sich ans Steuer. Wir quetschen uns mit unseren Gepäckstücken auf dem Schoß zu viert in den kleinen Picanto. Wie Sardinen in der Konservendose fahren wir mit dem nun tiefergelegten Kia ins 40 km entfernte Antigua.

Es ist kurz vor Mittag als wir im Hostel Cucuruchos im Stadtzentrum einchecken. Mit letzter Kraft schleife ich mich in das 6-Bett-Zimmer, bestehend aus zwei dreistöckigen Etagenbetten.

Als ich meine Augen wieder öffne, ist es dunkel, ich muss den ganzen Tag durchgeschlafen haben. Alle Betten sind belegt. Ich lehne mich über die Bettkante und erkenne über mir Jenny, unter mir einen unbekannten Gast. Im Etagenbett gegenüber schnarchen Andi und ein Chinese unter ihm wie Presslufthämmer. Mir fehlt die Kraft, aufzustehen und die Toilette aufzusuchen. Dann beginnt plötzlich das Etagenbett zu wackeln. Nichts Unübliches in Hostels mit Mehrbettzimmern. Des Öfteren habe ich schon miterleben dürfen, wie manches Pärchen die restlichen Zimmergäste an ihren Vergnügungen teilhaben ließ. Doch mit einem Mal beginnt das Etagenbett gegenüber ebenfalls zu wanken.

Dann der Tisch. Und der Schrank am Kopfende. Gegenstände fallen auf den Boden, Flaschen, Gläser. Türen im Flur knallen, Menschen rennen durch das Gebäude ins Freie. Erste Schreie: »Terremoto! Terremoto!«

Das Vokabelbuch in meinem Kopf arbeitet, leider etwas zu langsam. Was bedeutet nur Terremoto? Weitere Schreie, diesmal auf Englisch: »Earthquake!« In dem Moment schießt mir das Adrenalin ins Blut. Jetzt herrscht nur noch ein Gedanke in meinem Kopf: Flucht! Ich muss hier raus!

»Andi! Jenny! Aufstehen! Wir müssen raus aus dem Zimmer!«

»Was ist los?«, schreckt Jenny auf, während Andi noch laut schnarcht.

Meine Hände und Beine zittern vor Kraftlosigkeit. Um hinunterzusteigen, greife ich nach der Leiter am Bettende. Durch das Zimmerfenster nehme ich das hektische Treiben der Hostelgäste auf der Terrasse wahr. Das Bett schwankt immer stärker.

»Raus aus den Zimmern!«, schreien einige im Flur. Ich schaffe es nicht. Im nächsten Augenblick wird es dann ruhiger. Gegenstände kommen zum Stehen. Draußen herrscht absolute Stille, als würde jeder gespannt warten, was als nächstes passiert. Ich atme durch, lasse mich in das Kissen fallen. Weitere starke Beben bleiben aus. Die ganze Nacht mache ich kein Auge mehr zu.

Das Beben am 14.6.2017 geht als das stärkste Erdbeben seit 30 Jahren in die Geschichte Antiguas ein, das nicht wenige Male von Naturkatastrophen heimgesucht wurde. Mit einer Stärke von 6,9 hat es nur wenig Schaden angerichtet und glücklicherweise keine Opfer gefordert.

Guter Schnaps und erster Abschied

Es braucht zwei Tage, bis ich für einen ersten Spaziergang das gut besuchte Hostel Cucuruchos verlassen kann. Ich bemerke, wie die vergangenen Geschehnisse an meinen Nerven gezehrt haben, sie wirken wie Tiefschläge für die Psyche. Längst habe ich begriffen, dass eine Reise auf dem Fahrrad weniger vom Fitnesszustand des Körpers, sondern vielmehr vom seelischen Zustand abhängt. Die Psyche und der Kopf sind die treibenden Kräfte und mächtiger als Körper und Muskulatur. Nur sie würden entscheiden, wie weit ich noch käme, solange der Körper funktionierte.

Während ich eine heiße Tasse Schokolade auf der Terrasse

des Cafés San Martin trinke, bestaune ich von meinem Sitzplatz aus den aktiven Vulkan Fuego, der seine Macht mit ganzer Kraft unter Beweis stellt. Asche und Lava schießen aus dem etwa 3.700 m hohen Schichtvulkan, unmittelbar vor den Toren des Kolonialstädtchens Antigua, das mit 35.000 Einwohnern nicht nur durch die umgebende Natur, sondern ebenso seine Barockkirchen und engen Gassen imponiert. Beeindruckt bewundere ich das Naturspektakel, die Einheimischen hingegen laufen seelenruhig mit ihren Einkaufstüten nach Hause. Bei 34 Vulkanen auf einer Landesfläche mit der Größe von Deutschlands neuen Bundesländern, dürften die meisten Guatemalteken es als weniger dramatisch erleben. Die Menschen sind es gewohnt, dass die Erde bebt und Vulkane spucken. Die geologisch aktivste Zone der Welt wird regelmäßig Zeuge von Naturgewalten und forderte in der Vergangenheit bereits unzählige Opfer. Ob Erdbeben, Vulkanausbruch oder Unwetter: Wer die Natur hautnah erleben möchte, kommt auf der Erdkugel um Guatemala nicht herum.

48 Stunden später und gefühlt um 200 Maistortillas schwerer hocke ich, noch nicht ganz bei Kräften, erneut auf dem Klapprad. Mit Kurs auf Mexiko heißt unser nächstes Etappenziel Panajachel.

Die Kartendaten versprechen eine entspannte Etappe, etwa sechs Stunden. Doch gleich zu Beginn stellt sich uns die erste Hürde in den Weg. Ein Teil der angezeigten Strecke existiert nicht, beziehungsweise nicht mehr. Ein Erdrutsch, der benachbarte Fluss und Unwetter haben sie mitgerissen. Wir schieben die Fahrräder durch knietiefe Gewässer. Sie zwingen uns Umwege zu gehen, die kaum fahrbar, steil und von starkem Verkehr überlastet sind. Für die erste Etappe - nach all meinem Leid - hätte ich mir einen sanfteren Einstieg gewünscht. Doch die Strecke kennt keine Gnade. Kurz vor Mitternacht kommen wir endlich an. Unsere Bilanz: dreizehn Stunden, 2000 Höhenmeter, 90 km, kaputte Reifen und Krämpfe in den Oberschenkeln. Nicht das erste Mal liegen Plan und Realität meilenweit auseinander, was mich mittlerweile nicht mehr überrascht.

Nach nur einer Nacht in Panajachel, am Atitlan-See, ziehen wir weiter zur guatemaltekisch-mexikanischen Grenzstadt La Mesilla. Es herrscht ein lebhaftes Treiben: schreiende Händler, überladene Chicken-Busse, Taxifahrer, TukTuks, Restaurants und Geldwechsler. Mit Bündeln von Geldscheinen in jeder denkbaren Tasche, versuchen sie noch vor der Grenzüberquerung den Touristen zu betrügerischen Kursen ihren guatemaltekischen Quetzal abzuknöpfen - was erstaunlich gut funktioniert.

Unsere letzten Scheine hingegen warten nur darauf, auf der anderen Seite der Grenze gegen Tacos eingetauscht zu werden.

Nachdem wir unseren Ausreisestempel in der Migracion erhalten haben, radeln wir bis zum vier Kilometer entfernten mexikanischen Grenzposten, der einsam in der weiten, grünen Landschaft des hochgelobten Bundeslandes Chiapas, mit der Nationalflagge auf dem Dach herausragt. Wir treten ein. Im Vergleich zu ihren Kollegen im Nachbarland sitzen die beiden Grenzbeamten in einer hochmodernen technischen Einrichtung hinter Schutzscheiben. Unsere Ankunft scheint sie nicht sonderlich zu interessieren. Nägel kauend verfolgen sie das Geschehen einer Fernsehserie auf dem riesigen Samsung-Flachbildschirm. Musik und Handlung deuten stark auf eine Telenovela. Die entscheidende Aktion wird durch die Werbepause unterbrochen, woraufhin sie sich uns widmen. Rüde fordert der Kräftigere von beiden die Reisepässe.

»Wie lange bleiben Sie in Mexiko?«

»Nur ein paar Wochen.«

»Wie lange genau?«

»Vier bis sechs Wochen.«

Eine bessere Antwort fällt mir nicht ein. Tatsächlich weiß ich nicht, wie lange die Reise bis zur US-Grenze dauert. Grund genug für den Grobian mit Schnauzer in Uniform, sich an mir festzubeißen. Sind Sie mit den anderen verwandt? Was haben Sie alles dabei? Warum besuchen Sie so viele Länder? Was haben Sie in Guatemala gemacht? Fragen über Fragen. In die USA einzureisen, gleicht dagegen einem Kinderspiel. Er blättert hektisch im Pass, blickt zu meinem Fahrrad, spricht zu seinem Kollegen. Die Marihuana-Kippen aus Brasilien kommen mir in den Sinn. Gibt es womöglich irgendwelche Reste, die in Taschenböden durchgerutscht sein könnten? Ich werde nervös. Jedoch kommt die Rettung rechtzeitig - das Ende der Werbepause. Keine Sekunde möchte er von der spannenden Handlung verpassen. Zu meinem Glück. Er haut den Stempel hinein und wirft mir den Pass zu. Willkommen in Mexiko!

Chiapas. Der südmexikanische Bundesstaat beherbergt die bekanntesten Sehenswürdigkeiten der Mayazeit. Bedeutende Ruinenstätten wie Palenque, Yazchilan und die Stadt San Christobal de las Casas, dessen Zentrum aus der Kolonialzeit fast vollständig erhalten ist, gehören hier zu den Touristenmagneten. Ein guter Zeitpunkt für die erste Mezcal-Verkostung, finden wir. Ein Alkoholgehalt von mehr als 40 % und ein aufwendiger Herstellungsprozess zeichnen diese besondere Spirituose aus, die ursprünglich aus dem benachbarten Bundesland Oaxaca stammt. Ihre bekannteste Form ist der Tequila. Ein Teufelszeug. Rauchige Note, unverwechselbarer Geschmack und ein Garant für Abstürze. Fürs Erste gehen wir es in der Mezcaleria gediegen an. Unsere amerikanischen Tischnachbarn dagegen wollen es ganz genau wissen, gehen aufs Ganze und verlassen im Allrad-Modus (auf allen Vieren) die Lokalität.

In Tuxtla Gutierrez, der Hauptstadt von Chiapas, tritt Jenny nach fast einer Woche die Rückreise nach Deutschland an. Andi verbleiben weitere fünf Tage, bis auch er das Klapprad faltet und sich auf die Heimreise begibt. Als gemeinsames Ziel steckten wir die Hauptstadt Mexikos ab, als wir vor sechs Wochen in Medellin aufbrachen.

»Wie sieht die Strecke nach Mexiko City aus?«, frage ich beim Frühstück.

»Wahrscheinlich so ähnlich wie in den vergangenen Tagen. Vier bis fünf Tage bis Oaxaca. Genauso lang noch mal bis nach Mexico City.«

Nicht ausreichend Zeit also, um das gesetzte Ziel rechtzeitig zu erreichen. Obendrein blieben bisher große Entdeckungen und Begegnungen in Mittelamerika aus. Nicht annähernd ist die Vielfalt Südamerikas hier zu finden. Vielleicht aufgrund der zügigen Durchreise beobachteten wir kaum Unterschiede zwischen den Ländern. Für die verbleibenden Tage durchforste ich die Landkarte nach Umwegen, Abwechslung und möglichen Abenteuern.

»Was hältst du von Yucatan?«

»Zu touristisch!«

»Belize?«

»Amerikanisiert! Teuer!«

»Hm … Und Karibik?«

»Schon besser. Was genau?«

»Vielleicht Kuba? Auch touristisch, aber politisch mit Sicherheit reizvoll.«

Der in wenigen Sekunden gefasste Gedanke klingt spannend. Für weniger als 100 Dollar buchen wir Flüge für den morgigen Nachmittag nach Havanna, der Hauptstadt Kubas. Während Andi sich über das Visa-Prozedere informiert, verbreiten sich Juckreiz und Rötungen über meine Schultern bis zu den Händen. Diesen Ausschlag erkenne ich sofort, denn ich hatte bereits drei Jahre zuvor in Südamerika Bekanntschaft damit gemacht. Glücklicherweise wusste ich daher auch genau, was zu tun war.

»Ich werde mich jetzt selbst ins Krankenhaus einliefern. Hole dich morgen früh in der Unterkunft ab.«

Sichtlich überrascht, versteht Andi nicht, was passiert.

»Warum das?«

»Bettwanzen! Keine Sorge, ich brauche eine Infusion und Cortison. Morgen früh bin ich wieder da.«

In der Notaufnahme des Krankenhauses von Tuxtla sticht die Krankenschwester die Infusionsnadel in die Vene und verlässt das Zimmer. Eine ungewohnte Stille kehrt ein. Ein Gefühl der Einsamkeit lässt sich in mir nieder. Ich versuche den Grund hierfür zu greifen und stelle fest, dass Andis bevorstehende Abreise mir Sorgen bereitet, bald werde ich wieder auf mich allein gestellt sein. Ich liebe es, allein zu reisen, weil es die einfachste und schnellste Form ist, in fernen Ländern Anschluss zu finden, Menschen zu begegnen und Neues über sich selbst zu erfahren.

Mit täglich zu bewältigenden Herausforderungen wachse ich, werde selbstbewusster. Jedoch gibt es natürlich ebenso einsame Phasen, die es zu überwinden gilt. Eine Reise zu zweit oder in einer Gruppe hat ihr Für und Wider. In Notsituationen schätzt man die Präsenz der Begleitung, hat jemanden bei sich, der einen versteht. Es birgt allerdings die Gefahr, die eigene Komfortzone nicht zu verlassen, zu gemütlich fühlt sich die bekannte Gesellschaft an. Denken muss ich nur zur Hälfte oder weniger. In Hinsicht auf Achtsamkeit sieht es nicht anders aus, denn schließlich befindet sich eine Person neben mir, die ebenfalls diese Aufgaben übernehmen könnte. In solchen Situationen merke ich, wie mein Gehirn ganz gern seine Anstrengungen zurückschraubt und sich auf das andere Gehirn des Mitreisenden verlässt.

Doch die gemeinsame Zeit mit Andi vereinte die Vorteile aus beiden Welten. Jeder wuchs für sich, an Abenteuern mangelte es nicht und jeder war für den anderen da, wenn es mal nicht lief.

Jetzt wartet eine letzte gemeinsame Etappe auf uns, bevor es Zeit wird, mich wieder umzugewöhnen, die Achtsamkeit und Konzentration anzuheben.

Zeitreise in Havanna

Ankunft in Havanna. Hätte mich jemand zuvor gefragt, wie ich mir den ersten Eindruck bei Ankunft in der Hauptstadt des kommunistischen Kuba vorstelle, hätte ich wohl an gigantisch große Bilder des Staatsoberhaupts gedacht. Doch damit lag ich völlig falsch. Das Personal an Pass- und Sicherheitskontrolle lässt sich kurz wie folgt beschreiben:

Geschlecht: durchweg weiblich.

Alter: etwa 20 bis 25.

Outfit: Super-Mini-Rock, tiefer Ausschnitt, Netzstrumpfhose, hohe Schuhe und Hochsteckfrisuren.

Umgang mit ankommenden Gästen: streng, unfreundlich, bestimmend und rüde. Höfliche Fragen werden ignoriert, stattdessen schüttelt man wortlos den Kopf oder deutet in irgendeine Richtung. Was nach einem schlechten Erotik- oder Sadomaso-Film klingt, beschreibt wohl am treffendsten unsere ersten Minuten am Flughafen der Karibikmetropole.

Aufgrund schlechter Organisation und Fehlinformationen der Strumpfhosen-Polizei braucht es zwei Stunden Schnitzeljagd, bis wir unser Gepäck samt Fahrrädern herausschleppen und die Fahrt ins Stadtzentrum starten. Oder anders gesagt: die Museumstour. Wir fühlen uns wie mit einer Zeitmaschine in die 60er Jahre katapultiert. Neben alten, knatternden, amerikanischen Autos ziehen sich verfallene Kolonialbauten auf der einen und restaurierte auf der anderen Seite des Weges entlang.

Es ist heiß, eine drückende Schwüle lastet auf uns. Die Abgasschwaden der Oldtimer (Katalysator scheint hier ein Fremdwort zu sein) sind auf den Straßen der größte Feind des Fahrradfahrers.

Nach etwa 25 km erreichen wir die Altstadt, La Habana Vieja, unweit entfernt vom größten Platz Kubas, dem Plaza de la Revolucion, wo sich unsere Unterkunft, eine Casa Particular, befindet, eine Art Airbnb, bei dem Privatpersonen Zimmer an Touristen vermieten. Man erkennt sie an den Anker ähnlichen Beschilderungen an Hauseingängen. Falls ein Haus dem Geschmack entspricht, klopft man hier einfach an die Haustür, fragt nach der Verfügbarkeit und zieht ein.

Unser Kuba-Aufenthalt beginnt bei Maria und ihrer Tochter Cecilia. Ihr Haus versetzt mich zurück in meine Kindheit, in die Wohnung meiner Großeltern. Gemütlich, breite Couch mit Blumenmuster, welches sich an Bettdecken und Handtüchern fortsetzt. Eingerahmte Schwarz-Weiß-Familienfotos an den

Wänden, ebenfalls mit Blumen geschmücktes Porzellangeschirr und ein durch feinstes Tuch abgedeckter Fernseher.

»Ihr habt bestimmt großen Hunger. Lust auf eine kubanische Spezialität?«, fragt Cecilia.

Von Tuxtla über Cancun mit einer Aufenthaltsdauer von zwölf Stunden, liegt unsere letzte vernünftige Mahlzeit mehr als zwei Tage zurück. Cecilia muss das Knurren unserer Mägen gehört haben.

»Ich bringe euch in ein Restaurant, welches das beste Essen in Havanna zu günstigen Preisen anbietet.« Sie lässt unsere Erwartungen steigen. Ein kurzer Fußmarsch zum besagten Restaurant bietet uns einen ersten Eindruck von der Stadt. Bunte zweistöckige, koloniale Bauten, die nach Restauration schreien, dominieren das Straßenbild. Menschen, die gemütlich auf Wohnzimmer-Sesseln sitzen, verfolgen das Treiben in den engen Gassen. Es sind drei Fahnen und Wandbemalungen an Häuserfassaden, die das Straßenbild Havannas beherrschen: Che Guevara, Fidel Castro und die kubanische Nationalflagge. Wobei das Portrait von Che mit Abstand am häufigsten zu sehen ist.

In seinem nostalgisch eingerichteten Restaurant empfängt uns Jorge mit überschäumender Herzlichkeit und schlüpft zeitgleich in drei Rollen: Bedienung, Koch und Barkeeper. Seinem frisch zubereiteten Nationalgericht »Ropa Vieja« - übersetzt »alte Kleider« - folgt unbestellt ein kräftiger Cuba Libre. Jorge lacht und scherzt, nebenbei ist er auch noch ein großer Entertainer.

Satt und zufrieden fordern wir schließlich die Rechnung, die Jorge uns in einer kleinen Holzschachtel überreicht. 40 CUC! Das sind umgerechnet 40 Dollar, was in etwa dem

Monatseinkommen der kubanischen Mittelschicht entspricht. Gut gewürztes Essen und gepfefferte Preise! Cecilia, die uns herbrachte und sogleich wieder den Heimweg angetreten hatte, dürfte wohl kräftig mitverdient haben. So viel zum Thema »bestes Essen zu erschwinglichen Preisen«.

In der Abenddämmerung legen wir einen Verdauungsspaziergang entlang der Uferpromenade ein, dem Malecon von Havanna. Luxushotels, Denkmäler und beeindruckende Architekturen reihen sich wie Legosteine aneinander. Plötzlich, wie aus dem Nichts, taucht er auf: Antonio, Anfang 30, frisch rasierte Glatze, sympathisch, mit leichtem Tanzrhythmus im Gang.

»Hallo meine Freunde, wie geht's?«, spricht er uns auf Deutsch an.

Etwas an uns hat offenbar unsere Herkunft verraten. Entweder das oder er verfolgte uns schon eine Weile, ohne dass wir es bemerkten.

»Ganz gut. Und selbst?«, antworte ich freundlich und warte geduldig auf das nächste Monte-Cristo-Zigarren-Angebot, das an jeder Straßenecke lauert.

»Sehr gut. Ich gelebt drei Jahre in Deutschland, in Berlin. Deutschland, sehr gute Land. Ich liebe Deutschland.«

Antonio wirkt geradezu begeistert, dass er ausgerechnet uns begegnet ist. Wir scheinen Heimatgefühle in ihm zu wecken. Mit viel Witz erzählt er uns etwas aus dem Alltag der Kubaner. Kuba sei zwar sicher, man müsse aber trotzdem bei den Menschen aufpassen. Sie hätten es nur auf das Touristengeld abgesehen. Dann folgt ein kurzer Exkurs in die Politik: Fidel habe das Land kaputtgemacht, nichts sei mehr so wie früher. Lieber würde er nach Deutschland zurückkehren, aber die Familie lebe hier und die Eltern seien schon in die Jahre gekommen. Auf die Frage, ob wir Pläne für den Abend hätten, verneinen wir. Spontan deutet er auf die gegenüberliegende Straßenseite, auf eine Kneipe.

»Sehr gute Bar, die beste in Havanna. Gehört Onkel.

Ich möchte Freunde aus Deutschland einladen. Ein Getränk von Che Guevara.« Eine Wahl haben wir nicht, schon zerrt er uns freundlich in das Lokal, dessen Personal er tatsächlich zu kennen scheint.

»Tres Che Guevara, por favor!«, ordert er an der Theke, lehnt sich zu mir herüber und flüstert mir ins Ohr: »Eins für mich, okay?«

»Aber natürlich, du lädst uns doch ein«, antworte ich. Antonios Lachen vergeht. Die Bedienung hinter dem Tresen schiebt drei Cocktails in den Nationalfarben des Landes über die Ladentheke: Blau, Rot und Weiß. Antonio greift nach dem bunten Getränk, hebt es in die Luft und bedankt sich für die Einladung.

»Moment mal. Ich dachte, das ist die Bar deines Onkels und du lädst uns ein.«

Auch beim Onkel müsse bezahlt werden, erklärt er und möchte von der Einladung nichts mehr wissen. Das ist der Zeitpunkt, in dem mir angesichts der falschen Freundlichkeit der Kragen platzt. Ich knalle das Getränk auf den Tresen und mache meinem Ärger Luft.

»So sieht also Gastfreundschaft in Kuba aus?! Du ziehst den Menschen das Geld hinterhältig aus der Tasche! Das ist einfach nur traurig und beschämend!«, fahre ich ihn an, während er in Schockstarre noch immer sein Glas in die Höhe hält.

»Er zahlt, wir haben nichts bestellt«, klären wir die Bedienung auf und verlassen das Lokal.

Leute wie Antonio nennt man auf Kuba Jineteros. Sie sind darauf trainiert, auf geschickte Art Touristen um den Finger zu wickeln, ihnen das Blaue vom Himmel zu versprechen. Eine grenzenlose Kreativität herrscht in ihren Geschichten, falsche Nettigkeit, mit dem einzigen Ziel: Geld.

Womit wir beim nächsten Thema wären. Zwei Währungen existieren auf Kuba: eine für Touristen, genannt CUC, die andere für Einheimische, genannt CUP. Verhältnis 1:25. Der Tourist, oder wie der Kubaner ihn gerne nennt, Gringo - eigentlich ein Schimpfwort für Amerikaner, aber inzwischen gängig für alle Touristen - zahlt immer mehr.

Noch besser zu spüren bekommen wir das am nächsten Morgen bei der Taxifahrt in den Norden Havannas, die wir uns mit vier Einheimischen teilen. Für ein und dieselbe Strecke verlangt der Fahrer des Oldtimers jeweils zwei CUC von uns, was etwa zehnmal so viel ist, wie die Einheimischen mit fünf CUP zu zahlen haben. Es bricht beinahe ein Handgemenge zwischen dem Fahrer und zwei jungen Mädels aus, die sich zwischen uns und den Fahrer stellen, um uns zu helfen.

»Ihr seid alle Betrüger! Alle! Warum müssen Touristen mehr zahlen?«, schreit die Kleinere von beiden den Fahrer an.

»Gringos! Gringos zahlen immer mehr!«, schreit dieser zurück, kassiert ab und fährt weiter. Wer seine Rolle als Gringo und die Doppelwährung akzeptiert, kann durchaus eine unvergesslich schöne Zeit auf Kuba haben. In Sachen Betrug bekommt die Insel für mich allemal das Prädikat »unvergesslich«.

Nach einem letzten gemeinsamen Ausflug an weiße Sandstrände und türkisblaues Meer, die direkt aus den Kuba-Reisekatalogen entsprungen zu sein scheinen und tatsächlich die

Beschreibung »wunderschön« verdienen, begleite ich Andi für seinen Rückflug an den internationalen Flughafen Jose Marti. Er wirkt müde, erschöpft, aber dankbar für die abenteuerliche Zeit, die wir in den letzten Wochen gemeinsam erlebt haben. Ob er froh über die Rückreise sei, frage ich ihn.

»Das war eine geile Zeit! So viele spannende Erlebnisse an einem Stück werde ich so schnell nicht mehr erfahren. Allerdings freue ich mich auf mein Bett und etwas Komfort«, antwortet er erleichtert. Ein Handschlag, eine letzte Umarmung und er mischt sich unter die Menge am Security Check.

Ich kehre zurück in die Innenstadt und widme mich im Internet der Planung der Weiterreise. Internetzugang auf Kuba existiert nur an ausgewählten Hotspots wie Parks, Hotels oder Hauptplätzen. Man erkennt sie leicht an den Ansammlungen von Touristen und kubanischen Teenagern, die ununterbrochen in ihre Smartphones starren.

Die staatliche Telekommunikationsgesellschaft, ETECSA, bietet in ihren wenigen Filialen Internetkarten, die für eine Zugangsdauer von 60 Minuten 1,50 CUC kosten. Am besten legt man sich gleich einen Stapel zu, um sich den Gang zum nächsten Ticketschalter und die langen Warteschlagen zu ersparen.

Während ich das Feld für den Zugangscode auf der Internetkarte freirubbele, gesellen sich zwei junge, stilsichere Männer zu mir, deren Frisuren an Prince und Justin Bieber erinnern. Sie drücken mir einen Flyer in die Hand.

»Heute Nacht veranstalten wir eine private Party in der Roma Bar, nur für auserwählte Gäste. Bist du dabei?«, fragt Justin Bieber. Riecht stark nach der nächsten Abzocke, immerhin mit Stil. 30 Stunden verbleiben bis zu meinem Abflug zurück aufs mexikanische Festland. Ich sage zu. Vielleicht eine gute Möglichkeit, um Zeit totzuschlagen. Abzocken gehören nun einmal zum Reisen und zu Kuba dazu, sie sind leider nicht immer vermeidbar. Wenn ich sie kommen sehe, tun sie vielleicht weniger weh, denke ich mir.

Die besagte Roma Bar befindet sich im obersten Stock eines unbewohnten, renovierungsbedürftigen, vierstöckigen Hauses in der Altstadt von Havanna. Bevor ich hinaufgehe, kehre ich noch auf eine schnelle Mahlzeit in ein kubanisches Restaurant ein. Nina und Kalanit, zwei rucksackreisende Mädels aus Österreich und Israel, suchen verzweifelt eine Ausgehmöglichkeit:

»Weißt du, wo man heute weggehen kann?«

Ich wittere eine gute Gelegenheit, Verstärkung mitzunehmen und die Aufmerksamkeit von mir abzulenken.

»Ja, klar! Hier um die Ecke, Roma Bar, eine private Party. Ihr seid sicherlich willkommen.«

In einem altmodischen Käfigaufzug begleitet uns die Security in Anzug in den vierten Stock. Der Bass der lauten Elektromusik schallt durch den gesamten Hausflur und scheint umliegende Häuser und Nachbarn nicht zu stören. Die Roma Bar ist kaum zu unterscheiden von Roof Top-Bars in New York oder Barcelona. Einzig der Barbereich ist überdacht, die restliche Fläche besteht aus offener Terrasse mit Blick über Havanna. Schick, elegant, herausgeputzt mit weißen Leinenvorhängen, die in leichtem Wind wehen, hat sie wenig mit dem Kuba vier Stockwerke unter uns gemeinsam. Die Barkeeper, durchweg weiblich, glänzen eher mit ihren freizügigen Outfits, anstatt den Getränken. Der akkurat rasierte DJ mit Goldkette um den Hals und L.A.-Lakers-Cap erweckt den Eindruck, extra aus den

USA eingeflogen worden zu sein. Kubanische Gäste sucht man vergebens, stattdessen dominiert in weiß gekleidetes amerikanisch-europäisches Klientel. Männer mit viel Gel in den Haaren und Mokassins, Frauen in engen, kurzen Kleidern auf hohen Absätzen. Mit Adiletten und grauem Fahrradshirt entspreche ich nicht wirklich der Kleiderordnung.

»Hola! Willkommen! Freut mich, dass du gekommen bist«, begrüßt mich Caesar, alias Justin Bieber, mit ausgebreiteten Armen und fällt mir um den Hals.

»Danke für die Einladung, habe paar Freunde mitgebracht. Hoffe, das geht in Ordnung.«

»Aber natürlich.«

Er hakt sich ein und führt mich durch die Menge.

»Ich möchte dir einige Freude vorstellen«, sagt er und läuft mit mir nahezu alle Gäste ab. In kurze Gespräche verwickelt, versorgt er mich mit Getränken.

»Das ist der beste Rum auf Kuba, hergestellt wird er in Santiago.« Dem habe ich nichts entgegenzusetzen, in puncto Geschmack hat er jedenfalls das Potenzial, dem mexikanischen Mezcal den Rang abzulaufen. Nachschub folgt ohne Unterbrechungen. Glas Nummer drei schickt mich mit geschlossenen Augen auf die Tanzfläche. Ununterbrochen tanze ich wie im Rausch. Wie lange, weiß ich nicht. Mit jedem Öffnen meiner Augen wird die Roma Bar leerer. Nina taucht auf, tanzend drückt sie meinen Körper an ihren. Bevor ich die Augen wieder schließe, setzt sie zum Kuss an. Ich spüre nichts, wehre mich nicht. Erst recht denke ich nichts. Schon längst haben die laute Musik und der Bass meinen Körper unter Kontrolle. Mehrere Hände berühren meinen Rücken, die Schultern und Beine.

Vier? Oder vielleicht Sechs? Ich öffne die Augen, um Nina anzusehen. Doch sie ist weg. Stattdessen hängt er an meinen Lippen: Caesar!

Sofort schubse ich ihn von mir weg, torkele an die Bar und fordere die junge Barkeeperin auf, mir ein Wasser zu geben. Nur ein Gedanke treibt mich jetzt an: schnelle Ausnüchterung und Kontrolle! Während das kalte Wasser den trockenen Rachen hinunterläuft, versucht Caesar mich davon abzuhalten, zu gehen. Die Security beendet jedoch offiziell die Party und ich verlasse mit den wenigen übrigen Gästen das Lokal. Wartende Taxifahrer streiten sich um die letzten Touristen des Abends, das lukrative Geschäft winkt.

»Komm, steig ein! Wir fahren zu mir und feiern dort weiter«, drängt mich Caesar mit zwei weiteren Kubanern, die ich zum ersten Mal am heutigen Abend sehe. Sie steigen ein, versuchen mich zu überreden, mitzukommen. »Jetzt komm endlich! Wir fahren. Steig ein!« Ich lehne ab und knalle die Autotür zu.

Orientierungslos biege ich in die nächste dunkle Gasse ab, um den Menschen zu entfliehen, zur Ruhe zu kommen, und lasse mich erst mal auf Treppenstufen nieder. Ich gebe mich dem Augenblick hin, fühle die Einsamkeit. Tränen laufen mir die Wange hinunter. Meine Seele tut weh. Für einen Moment fühle ich mich entwurzelt, hilflos. Warum tue ich mir das alles an, obwohl ich daheim im sicheren, gewohnten Umfeld sein könnte, umgeben von Familie und Freunden? Ein Leben, von dem viele träumen, das ich einfach von heute auf morgen von mir wegstieß. Nun hocke ich hier, in einer dunklen Gasse, auf einer Insel, inmitten der Karibik, Tausende von Kilometern von den Menschen entfernt, die mir so viel bedeuten. Dann blicke ich zum Himmel. Er ist klar, übersät mit Sternen, als würde er geschlossen mit dem Universum und seiner atemberaubenden Schönheit nur für mich strahlen. Er zaubert mir ein Lächeln ins Gesicht, erfüllt mich mit seiner Kraft und entfaltet das Gefühl in mir, auf dem für mich bestimmten Lebensweg zu sein, den richtigen Entschluss gefasst zu haben. Denn neben den vielen Tiefschlägen überwiegen auf meiner Reise doch noch immer die positiven Erlebnisse. Und genau hieran will mein Innerstes jetzt anknüpfen.

Ich raffe mich auf, laufe zurück zur Hauptstraße. Mittlerweile hat sich die Menschenmenge aufgelöst, kein einziges Taxi und keine Menschenseele sind auf den Straßen von Havanna anzutreffen. Ich begebe mich zu Fuß auf den Weg zur Unterkunft.

Wie soll es weitergehen?

24 Stunden nach Andis Abflug sitze ich nun selbst am Flughafengate, an dessen Tafel das Ziel Mexiko City aufleuchtet. Wenige Minuten sind es noch bis zum Boarding. Ein letztes Mal zücke ich das Handy für ein Erinnerungsvideo. Sofort flankiert und ermahnt mich das Sicherheitspersonal in strengem Ton, das Video abzubrechen und zu löschen. Geradezu symbolisch für den gesamten Aufenthalt auf der Insel. Auf Kuba trafen große Erwartungen auf ernüchternde Realität. Das Land hinterlässt einen anstrengenden Eindruck. Komplizierte Unterkunftssuche, eingeschränkter Internetzugang, Doppelwährung sowie ständiges Achtsam-sein-müssen gegenüber Betrügern gehören hier zu den Herausforderungen des Reisenden. Sobald allerdings

die Stadtmauern von Havanna verlassen sind, erwarten einen auch hier wundervolle Begegnungen mit Menschen und eine atemberaubende Natur. Jedoch fiel dieser Teil etwas kurz aus, da es an der Zeit war, wieder Strecke auf dem Festland zurückzulegen. Immerhin, in puncto Sicherheit kann kein anderes Land in Süd- oder Mittelamerika Kuba das Wasser reichen. Zu groß ist die Angst vor der Justiz, abgesehen von den eingeschränkten Fluchtmöglichkeiten, die eine Insel mit sich bringt und das Reiseverbot für die meisten Kubaner.

Während sich das Kofferkarussell am Benito-Juarez-Flughafen in Mexiko City dreht, verbindet sich mein Handy mit dem WLAN und schießt aufgestaute Nachrichten auf den Bildschirm.

Ganz oben erscheinen Mitteilungen von meinem Bruder:

»Opa geht es nicht gut. Sein Zustand ist kritisch.« Sofort klingele ich alle Telefonnummern durch – Bruder, Mutter, Vater, Tante - und erkundige mich nach dem Gesundheitszustand meines Großvaters. Von »Er erholt sich wieder« bis »Wahrscheinlich hält er nicht lange durch« kriege ich die volle Bandbreite von Aussagen zu hören. »Opa hat ein stolzes Alter erreicht. Konzentrier dich auf die Reise. Bald steht er bestimmt wieder auf den Beinen«, versuchen meine Eltern mir Mut zu machen. Mit den Gedanken zuhause zu sein, zu hoffen, alles würde bis Reiseende wieder gut werden, erscheint mir keine Option zu sein. Des Öfteren brachte mich die Reise auf dem Klapprad an meine Grenzen: sei es der Fahrradunfall, die Schießerei in Brasilien oder die Krankheit im Amazonas. Nicht wenige Male stellte ich sie infrage, zuletzt erst gestern. Immer wieder stand ich vor der Entscheidung, sie abzubrechen und zurückzukehren, doch ich machte weiter, schöpfte Kraft, hatte stets das Ziel vor Augen, den Weg in den Norden, nach Kanada. Nun ist eine Situation eingetreten, in der es nichts zu entscheiden gibt. Es ist einer dieser Momente im Leben, die man nicht zurückholen kann, wenn sie vorüber sind. Es ist vielleicht die allerletzte Möglichkeit, meinen Opa zu sehen und mich von ihm zu verabschieden. Ich breche die Reise ab und fliege zurück in die Heimat.

20.7.2017. Es ist der Tag, an dem mein Großvater von uns geht, nur kurze Zeit nach meiner Ankunft. Zu wissen, dass man die Person, die man liebt, ohne die man das Leben nicht kennt, ab heute nie wiedersehen, hören und mit ihr sprechen wird, schmerzt. Ein Schmerz, gegen den ich nichts unternehmen kann. Die Vergänglichkeit des Lebens ist nun keine abstrakte Phrase mehr, sie begegnet mir jetzt als Realität. Der einzige Trost ist, dass ich ihn ein letztes Mal gesehen habe.

Doch neben all der Trauer herrscht ebenso Grund zur Freude. Der traurige Anlass versammelt die gesamte Familie in der Türkei. Fünf, zehn oder sogar mehr Jahre sind vergangen, seit sich die meisten Familienmitglieder gesehen haben. Nie zuvor erlebte ich annähernd solch eine starke Vertrautheit und Verbundenheit innerhalb der Familie. Bis in die späten Abendstunden trauern, lachen und erzählen wir Geschichten aus gemeinsam erlebten Zeiten, bis sich die Menge wieder auflöst und jeder seiner Wege geht.

Um Mitternacht ziehe ich mich zurück auf die Dachterrasse des Hauses meiner Großeltern in dem hundert Einwohner kleinen Dorf. Unweit entfernt von der syrischen Grenze und den Lichtern des Flüchtlingslagers, welches Menschen beherbergt, die vor dem Krieg im Nachbarland geflüchtet sind.

Wieder leuchtet der Himmel sternenklar in voller Kraft. Irgendwo da oben wird sich wohl Opa aufhalten und blickt vielleicht hinunter, denke ich. Dann verfalle ich in Gedanken, versuche die vergangenen Tage, Wochen und Monate zu verarbeiten. Ich realisiere, in welch hohem Tempo ich gereist war, nun allerdings herrscht absoluter Stillstand. Der Körper ist bereits angekommen, doch befindet sich meine Seele noch irgendwo zwischen Südamerika und der Karibik, sicherlich wird sie noch eine Weile brauchen, bis sie meinen Körper einholt.

Der kurzfristige Reiseabbruch markiert zugleich das Ende der Reise. Mir fehlt die mentale Kraft, sie wieder aufzunehmen und fortzusetzen, merke ich. Doch mit dem Tod meines Großvaters verstehe und fühle ich eine Sache stärker denn je: die Bedeutung von Zeit. Wie wertvoll und vergänglich die Zeit doch ist, wie unaufhaltsam sie vorbeizieht. Egal, was ich auch machen würde, sie würde mir immer einen Schritt voraus sein. Es gibt nur eine Möglichkeit, sie zu bezwingen. Und zwar sie mit einem Leben voller Selbstbestimmung zu füllen. Einem Leben, in dem ich meinen eigenen Zielen, Wünschen, Träumen und Ideen nachgehe - so wie auf der Reise mit dem Klapprad. Denn genau dieser Weg macht das Leben erst lebenswert und erfüllte mich wie nie zuvor in meinem Dasein. In 20, 30 Jahren zurückzublicken und keine Reue zu empfinden, etwas nicht gemacht oder frühzeitig beendet zu haben - das ist das Ziel. Voller Stolz mich an eine Zeit zu erinnern, in der mein Geist mit unvergesslichen Abenteuern und Erlebnissen genährt wurde und mein Innerstes zu keinem Zeitpunkt Zweifel empfand. Ich beschließe, die Reise fortzusetzen. Sie war meine Idee, mein Projekt und ist von nun an auch mein Lebensziel.

Odyssee in L.A.

Mittlerweile ist es Ende August. Seit Beginn der Reise in Rio de Janeiro sind acht Monate vergangen. Nur wenige Wochen verbleiben, bis der harte Winter in Kanada, dem gesteckten Ziel, einbrechen wird. Um die verlorenen Wochen aufzuholen, nehme ich die Reise in Los Angeles wieder auf.

An Tag eins nach der Ankunft die bittere Erkenntnis: Die USA ist ein teures Land! Für Langzeitreisende sogar zu teuer. Wild Campen ist verboten, wird man erwischt, drohen saftige Strafen. Einfachste Campingplätze verlangen bis zu 50 Dollar pro Nacht, Hostels ab 60 Dollar aufwärts. Auf Anfragen zu Couchsurfing und Warmshowers - eine Plattform, auf der Radler anderen Fahrradreisenden Schlafmöglichkeiten anbieten

- reagiert niemand. Im Vergleich zu Süd- und Mittelamerika lässt die Willkommenskultur im Land der unbegrenzten Möglichkeiten zu wünschen übrig. Hier zahlt man – und zwar immer und für alles.

Raja, Anfang 50, mein pakistanischer Airbnb-Gastgeber in Torrance - 20 Meilen südlich von Los Angeles - hat seine Garage zu einem Gästezimmer umfunktioniert, zu meinem Glück. Mit 60 Dollar pro Nacht wahrscheinlich die günstigste Unterkunft in ganz Kalifornien. Ich teile sie mit Harald, einem guten Freund aus Deutschland, der mich für einige Tage begleitet.

Vier Personen leben im Haushalt von Raja: seine Frau, die beiden Kinder - Anfang 20 - und er. Vor dem Garagentor und dem Hauseingang reihen sich allerdings sechs Autos der Marke Toyota, Modell Prius. Ob er wohl ein großer Fan von der Marke ist?

»Wem gehören die vielen Fahrzeuge vor der Tür?«, frage ich.

»Die stehen alle zum Verkauf. Ich habe sie über Auktionen günstig ersteigert, lasse sie reparieren und verkaufe sie weiter«, antwortet er. Nicht das schlechteste Geschäftsmodell, um sein Leben zu finanzieren, denke ich beim Anblick seines Hauses und angesichts der Zeit, die er zu Hause verbringt. Während ich vor der Haustür den vielen Kaufinteressenten zuschaue, schießt mir ein Gedankenblitz durch den Kopf:

»Dürfte ich an der Auktion teilnehmen und ein Fahrzeug ersteigern?« Radeln wäre zwar erst einmal ade, doch würde sich die Unterkunftsproblematik in Luft auflösen, der Schlafplatz wäre garantiert. Mit dem späteren Verkauf des Wagens könnte ich durchaus am Ende bei null rauskommen.

»Nur angemeldete Autohändler haben Zugang zur Auktion. An was dachtest du genau? Wie viel willst du ausgeben?«

»Ich suche etwas, in dem ich schlafen kann. Einen Van, vielleicht ein Minibus. Unter 1000 Dollar.«

Am nächsten Morgen laufen wir gemeinsam durch die Hallen der South Bay Auction in Gardena. Von Porsche, Smart, LKW bis hin zu Motorrädern und Kleinbussen reihen sich eine breite Palette von Fortbewegungsmitteln aneinander. Ein Chevy Van und ein goldener Honda Familien-Van mit acht Sitzen schaffen es in Haralds und meine engere Auswahl. Probefahrten sind nicht drin, hier kauft man die Katze im Sack. Wir gehen das Risiko ein, schicken Raja in das Bieterverfahren und müssen als Gäste im Eingangsbereich warten. Bangen, hoffen und warten, wie ein Vater, der vor dem Kreissaal gespannt der freudigen Nachricht entgegenfiebert. Etwa 30 Minuten später ist es dann so weit, Raja verlässt den Auktionsbereich.

»Glückwunsch! Für 800 Dollar gehört euch der Honda Odyssey!«, verkündet er. Die Freude über das neue Gefährt ist groß. Garantiert wird die goldene Honda-Familienkutsche nicht mit dem Preis für das schönste Reisemobil ausgezeichnet, jedoch erfüllt sie als vorübergehender Schlafplatz ihren Zweck.

Am Schalter holen wir die Fahrzeugpapiere und Schlüssel, zahlen die Kaufsumme und laufen in den Innenhof, wo die ersteigerten Objekte zur Abholung bereitstehen. Der erste Eindruck vom Honda Odyssey ist vielversprechend: Geräumig, bequeme Sitze, wenig Schnickschnack, mit Potenzial für einen Camper-Umbau. Der Motor schnurrt beim Starten wie ein Kätzchen. Die Schranke zur Hofausfahrt öffnet sich und wir verlassen das Gelände. Etwas lahm, aber geschmeidig, zieht er an, absolut ausreichend. Nach etwa zwei Kilometern passiert an einer Ampel das Unerwartete: ein Knall, ein heftiger Schlag aus dem Motorraum! Obwohl ich das Gaspedal durchtrete, schießt der Motor nur noch in den Drehzahlbegrenzer und die Geschwindigkeit des Honda nimmt ab. Wir rollen zum Straßenrand aus, unsere Freude währte nur kurz. Der Honda Odyssey macht seinem Namen alle Ehre, unsere erste Fahrt wird zu einer Odyssee. Die Folgen der Jungfernfahrt verkündet der Mechaniker an der nächsten Werkstatt: Getriebeschaden!

Campen verboten

Tage vergehen. Kein Rückgaberecht, keine Kaufinteressenten. Wie Ballast hängt die goldene Blechbüchse an uns. Einzig eine Reparatur in Höhe von 800 Dollar wird uns aus dieser Misere erlösen, die wir letzten Endes in Kauf nehmen. Mit leererem Geldbeutel als geplant, dafür aber schlauer als zuvor, reisen wir von Los Angeles aus los.

Von Santa Monica aus in den Norden, Richtung Malibu, geht es auf der Küstenstraße, dem Pacific Coast Highway, eng zu. Während sich der dichte Verkehr nur langsam vorwärtsbewegt, bildet sich am Strand eine Wand aus Campingmobilen. Die Vereinigten Straßen? Oder Staaten von Amerika, das Land der Camper? 60-qm-Wohnungen auf vier Rädern stellen hier die gängige Größe dar, sodass auch bloß keine Sehnsucht nach der eigenen Wohnung oder dem Haus aufkommt. Hinzu kommt, dass jedes dritte Wohnmobil zusätzlich noch einen kleinen Geländewagen hinter sich herzieht, für Ausflüge versteht sich. Unser Weg führt uns an den Strand von Malibu, welchen wir zugleich als ersten Schlafplatz favorisieren. Zum Sonnenuntergang lassen wir uns auf einem Schotterparkplatz zwischen Küstenstraße und Meer nieder. Warum nicht bei Meeresrauschen und -brise einschlafen und am nächsten Morgen in den Pazifischen Ozean springen? Die hinteren zwei Sitzreihen ausgebaut, Isomatten und Schlafsäcke ausgerollt, Türen verriegelt, breiten wir uns bettfertig für die erste Nacht aus. Nach nur wenigen Minuten falle ich schon in den Tiefschlaf. Doch es dauert nicht lange, bis eine laute Stimme schreit »Open the door!« und kräftig gegen die Fahrertür schlägt. Wir schießen aus unseren Schlafsäcken heraus.

»Who is there?«, schreit Harald aufgeregt.

»This is officer Deschler! Open the door!«

Von beiden Seiten leuchten Taschenlampen in das Innere des Fahrzeugs. Officer Deschler und sein Kollege wirken sichtlich aggressiv und verärgert. Hoffentlich eröffnen die nicht gleich das Feuer, denke ich. Vorsichtig und langsam schließe ich die hintere linke Schiebetür auf, strecke meine Hände hervor und lasse erkennen, dass ich nicht im Besitz einer Waffe bin. Officer Deschler von der Highway Patrol - Streifendienst auf Autobahnen und gleichzeitig Staatspolizei - blendet mich mit seiner Taschenlampe und greift mit der anderen Hand nach seiner Dienstwaffe. Mit erhobenen Händen versuche ich aufzuklären: »We are travelers, tourists from Germany.« Die Situation beruhigt sich. Er schaltet seine Taschenlampe aus, stellt seinen aggressiven Ton ab und erklärt uns, dass es verboten sei, auf öffentlichen Parkplätzen und Straßen zu übernachten. Er nennt uns einige umliegende Campingplätze, auf denen wir uns einmieten könnten. Im Halbschlaf und in Schlafsachen verlassen wir den Parkplatz.

In den folgenden Tagen perfektionieren wir unsere Stellplatzsuche und steuern zu später Stunde Wohnsiedlungen an, reihen uns zwischen die parkenden Fahrzeuge am Straßenrand und sind durch die getönten Scheiben des Honda perfekt getarnt. Für die tägliche Pflege nutzen wir öffentliche Duschen und Toiletten an Stränden. Starbucks entpuppt sich schon sehr bald als erste Anlaufstelle nach dem Aufwachen. Für Zähneputzen, kurze Oberkörper-Dusche oder kleine Pflegeeinheiten eignen sich die Toiletten der größten Kaffeekette der Welt bestens. Einzig unsere Konkurrenz, die vielen Obdachlosen, fordern uns mit langen Wartezeiten heraus. Eine Möglichkeit, sie zu umgehen, ist, einfach die nächste Filiale aufzusuchen, denn diese liegt meistens nicht weiter entfernt als 500 – 1000 m. Es lebe der Konsum. Welcome to the USA!

Start-up-Idee im Silicon Valley

San Francisco Bay, auch bekannt als Silicon Valley. Der bedeutendste IT- und Hightech-Industrie-Standort weltweit, gleichzeitig der teuerste, was Unterkünfte und Wohnen angeht. Das Zuhause von Facebook, Apple, Google, Tesla und Co. Was macht diesen Standort so wertvoll? Was ist daran so bedeutend? Warum blickt die gesamte Welt in Sachen Innovationen auf diesen Fleck der Erde? Das will ich herausfinden und mache mich auf die Suche nach Start-Up-Veranstaltungen. Lange muss ich nicht recherchieren. Erste Suchergebnisse werfen reihenweise kostenlose Veranstaltungen ab, die im Stundentakt zahlreich verteilt in der Stadt stattfinden. Ich setze mich auf die

Liste des »Founder Institute«, einer von vielen Organisatoren, die für den heutigen Abend im 20. Stock eines Hochhauses im Bankenviertel von San Francisco bei einem Pitch Gründer und Investoren aufeinandertreffen lassen - Elitepartner für zukunftsversprechende Tech-Collaborations.

19 Uhr. Die Türen des großen Konferenzsaals im Finanzdistrikt der Market Street öffnen sich. Ströme junger Menschen im Alter von 25 bis 35 laufen hinein und nehmen an acht Tischreihen mit jeweils zehn Personen ihren Platz ein. Als interessierter Zuhörer und neugieriger Beobachter suche ich mir die letzte Reihe aus.

Der Moderator und vier Juroren, gleichzeitig Investoren, stellen sich den jungen Gästen vor.

»Das Founder Institute unterstützt junge Gründer bei der Umsetzung ihrer Idee und begleitet sie zur Marktreife und

-einführung. Heute habt ihr die Möglichkeit, den ersten Schritt zu machen und Investoren von eurer Idee zu überzeugen«, erklärt der Mann ohne Haare im weißen Hemd, Typ Meister Proper.

Sechs junge Gründer mit einer Vortragszeit von je fünf Minuten kündigt er für den heutigen Abend an.

Es geht los. Kandidat eins, indischer Herkunft, Stanford-Absolvent, möchte mit dem selbst entwickelten Roboterarm, der nach vorgegebenem Einkaufszettel die Produkte aus den Regalen des Supermarktes herausgreift und zur Kasse transportiert, den Einkauf im Handel revolutionieren. Mit ausgebreiteten Armen und lautem Ton wirkt er mehr wie ein Herrscher denn wie ein Gründer. Investoren kann er nicht überzeugen, Zuhörer genauso wenig. Beim Zuhörer-Voting - fünf ausgestreckte Finger für »grandios«, einen für »das war nix« – liegt seine Ausbeute beim Publikum durchweg bei zwei Fingern.

Die sich anschließende junge Dame, ebenfalls Stanford-Absolventin, was hier scheinbar die Regel ist, schafft es mit ihrer Senioren-App, die die Bedienung von Smartphones für ältere Menschen erleichtern soll, zwei von vier Investoren für sich zu gewinnen. Auch Zuhörer zeigen sich sichtlich beeindruckt und belohnen sie mit grandiosem Feedback.

Kandidat drei, starker russischer Akzent, wirft mehr Fragen auf, als dass er mit seiner Idee Probleme löst. Durch intensives Nachfragen finden die vier Investoren immerhin heraus, dass es sich bei seiner Idee um eine Software handelt, die von ihm programmiert wurde. Nur was und wofür, das scheint er als Einziger im Saal zu wissen.

Mohamed und Adriella, meine Sitznachbarn, geübte Besucher solcher Veranstaltungen, klären mich auf:

»Jeder hier sucht das nächste Google, Facebook oder Apple. Ob Gründer oder Investor. Hunderte von Meetups wöchentlich, doch nur eine Handvoll bekommen Investoren an Bord.« Mehr als nach dem Inhalt der Idee schaue man nach Gründern, die bereit sind, 70 Stunden pro Woche oder mehr zu arbeiten. Und das über einen Zeitraum von fünf bis zehn Jahren.

Nach Kandidat Nummer sechs greift Meister Proper wieder nach dem Mikrophon.

»Nun, nachdem wir jetzt mit dem offiziellen Programm am Ende angelangt sind, gibt es denn unter den Besuchern der heutigen Veranstaltung Gründer, die gerne ihre Idee vorstellen würden?«, fragt er in die Menge und lässt suchende Blicke durch das Publikum wandern.

Spannung baut sich in mir auf. Mein Herz schlägt schneller. Ich fühle mich angesprochen. Nein, eine Idee habe ich nicht, doch der Gedanke, mich dieser Prüfung zu unterziehen, reizt mich. Eine Gelegenheit zu solch einer Erfahrung bekommt man nicht häufig. Zu verlieren habe ich nichts. Aus der letzten Reihe reiße ich meinen Arm in die Luft und winke mit der Hand.

»Oh! Jemand ganz hinten! Wollen Sie noch eine kurze Vorbereitungszeit, oder gleich starten?«, fragt Meister Proper durch seinen Lautsprecher.

»Ein paar Minuten«, signalisiere ich. Gute Gelegenheit für eine Kaffeepause.

Während die ersten nach nur wenigen Minuten ihren Platz einnehmen, drückt Meister Proper mir das Mikro in die Hand. Während ich auf die Bühne steige, werde ich mir meiner Kleidung bewusst: ein blaues T-Shirt mit der Aufschrift »Los Angeles«, zerrissene Jeans, beides zuvor für 7 Dollar im Secondhandshop ergattert, sind in Kombination mit meinen ausgetretenen Flip-Flops definitiv nicht gerade ein Designertraum. Zeit für einen Besuch im Waschsalon hatte ich nicht, was den Umstand erklärt, dass mir sogar die Unterhose unter der Jeans fehlt.

Mein Herz schlägt immer schneller, Hände fangen an zu zittern, der Hals zieht sich zu. Ich spüre bereits die Anstrengung in meiner Stimme, die Aufregung ist mir anzusehen. Ein letztes Mal hole ich tief Luft. Vor etwa 80 Menschen gehört nun die Bühne einzig und allein nur mir.

»Mit meiner Idee möchte ich Schulen digitalisieren, indem ich Eltern und Lehrern die Möglichkeit biete, über eine Plattform miteinander zu kommunizieren. Während Lehrer Noten, Verhalten und Leistungen der Schüler in das Programm eintragen, können Eltern jederzeit über einen eigenen Zugang die aktuellen Schulleistungen ihres Kindes abrufen«, erläutere ich meinen spontanen Einfall, den ich in der kurzen Pause auf ein Stück Papier gekritzelt habe und nun versuche, als lange zuvor durchdachte und aufbereitete Geschäftsidee zu verkaufen. Meiner Redezeit setzt Meister Proper nach etwa fünf Minuten ein Ende. Es folgt das Feedback der Jury:

Investor Nr. 1: »Also mir ist nicht bekannt, dass in Schulen ein Kommunikationsproblem zwischen Eltern und Lehrern herrscht.«

Investor Nr. 2: »So ein Programm finde ich grauenvoll. Ich möchte gerne die Lehrer meiner Kinder immer noch persönlich treffen.«

Investor Nr. 3: »Das führt doch zu einem enormen Druck bei den Schülern. So ein Programm generiert neue Probleme.« Investor Nr. 4: »Ich weiß nicht, wie Sie mit ihrem Programm oder ihrer App Geld verdienen wollen. Mit Schulen werden Sie definitiv keinen Cent verdienen.«

Eins hatte ich einleitend vergessen zu erwähnen: Eine Verteidigung oder Diskussion mit der Jury wird dem Vortragenden nicht eingeräumt. Einstecken, runterschlucken, weiter geht's.

Nun das Publikum. Meister Proper zählt an: »drei – zwei – eins«. Arme schießen in die Höhe. Meine Blicke schweifen durch den Raum, von vorne nach hinten, von links nach rechts. Die einstimmige Meinung des Publikums lautet: ein Finger.

Marihuana-Ernte in Garberville

Nach der Abreise aus San Francisco und der Fahrt durch das Weingebiet Mendocino erreichen wir Humboldt County. Die Heimat des weltberühmten Redwood National and State Park mit seiner malerischen Straße bestehend aus gigantisch großen Bäumen, der Avenue of Giants.

Trostlose und verlassene Orte ließen wir in den letzten Stunden hinter uns. Auf dem Highway 101, Höhe Garberville, dem Tor zu den Redwoods, blitzt ein Schild der großen Sandwich-Kette Subway auf. Nicht gerade mein Lieblingsrestaurant, doch nach mehreren Stunde Steppe eine gute Gelegenheit, nach einem vertrauten Essensangebot zu greifen. Wir nehmen die Ausfahrt und landen gleich auf der Hauptstraße mit ihren wenigen Geschäften, die an diesem frühen Nachmittag bereits geschlossen haben. Nach einem kurzen Abstecher ins Restaurant und in den einzig anderen, noch geöffneten Laden, einer Tankstelle, decken wir uns noch schnell mit dem Nötigsten ein. Zügig wollen wir diesen unwirtlichen Ort wieder verlassen, doch auf den letzten Metern zur Highway-Auffahrt erscheint eine Gruppe von etwa zwanzig jungen Rucksackreisenden am Straßenrand. Weit und breit weder eine Bushaltestelle noch Sehenswürdigkeit in Sicht. Wieder einmal ist meine Neugierde geweckt.

»Sorry! Hat es einen Grund, warum so viele junge Menschen sich hier versammeln?«, frage ich zwei gelangweilt auf der Bordsteinkante sitzende Jungs.

»Wir warten auf Farmer«, antwortet der eine mit italienischem Akzent.

»Welche Farmer?«

»Marihuana-Farmer! Wir hoffen, dass sie demnächst aufschlagen und uns mitnehmen.«

Sie klären mich auf: 200 Dollar für ein Pfund Marihuana! Nein, das sind keine Verkaufspreise, sondern der Lohn für das Trimmen von Marihuana in Gewächshäusern. Die Gegend um Garberville gehört zum größten Marihuana-Anbaugebiet in Kalifornien. Farmer suchen kurzfristig Saisonarbeiter, die sie lukrativ vergüten. Eine super Gelegenheit für Langzeitreisende aus aller Welt, um in wenigen Wochen großes Geld zu verdienen, nebenbei die ein oder andere Pflanze umsonst zu rauchen und anschließend ins große Abenteuer zu starten. Vorsicht ist allerdings für Frauen geboten, erzählt eine junge Spanierin.

»Einige Farmer stellen nur Frauen ein und verlangen, dass sie mit freiem Oberkörper auf den Feldern arbeiten. Wer dem nicht nachkommt, fliegt raus.« An guten und vor allem schlechten Erfahrungsberichten mangelt es den Reisenden nicht, Geschichten haben sie genug zu erzählen. Einige sind sogar bereits für ihre dritte oder vierte Saison angereist. 10.000 Dollar und mehr winken für nur zwei Monate Arbeit. Cash, steuerfrei und illegal.

Harald und ich sind weder Hippies, Marihuana-Raucher noch brauchen wir das Geld. Doch einmal in Garberville, möchten wir dabei sein. Wir fahren ins Hinterland und begeben uns auf die Suche nach Farmern.

In der hügeligen, wenig sehenswerten Landschaft reihen sich riesige umzäunte unbebaute Grundstücke aneinander. Mittendrin, etwa 100 m vom Eingangstor entfernt, steht ein einzelnes Haus, dahinter befinden sich abgeschirmt langgezogene Gewächshäuser mit weißen, halbrunden Dächern - unauffällig, aus der Entfernung nur schwer erkennbar. Hinweisschilder warnen vor Hunden und Waffen und sollen ungebetene Gäste abschrecken.

Ein vollbärtiger Truckfahrer in Holzfällerhemd hält mit seinem Chevy Pickup auf unser Handzeichen hin an:

»Wir suchen Farmer, möchten gerne arbeiten. Können Sie uns weiterhelfen?«, frage ich und hoffe einen von ihnen erwischt zu haben.

»Stellt euch in Garberville auf die Straße, dort holt man euch ab, wenn Arbeiter gebraucht werden«, erklärt er und fährt davon.

In Myers Flat, zwei Ortschaften weiter, im Humboldt Redwoods State Park, buchen wir einen Campingplatz und schmieden Pläne, wie wir in kurzer Zeit an die begehrten Arbeitsplätze gelangen könnten. Während wir den Van schlafbereit herrichten, schlagen unsere Camping-Nachbarn auf, Jose und seine Freundin Maria aus Spanien. Nachdem sie vergangenes Jahr in drei Monaten mehr als 12.000 Dollar verdient haben, sind sie dieses Jahr erneut angereist. Ich frage Jose, ob er uns mit seinem Farmer in Kontakt bringen kann.

»Spreche ihn gleich morgen früh darauf an, gebe euch Bescheid«, antwortet er vielsprechend.

Doch am nächsten Tag kriegen wir von Jose weder etwas zu hören noch reagiert er auf Anrufe. Zurück in Garberville begegnet uns dieselbe Gruppe vom Vortag, die immer noch hoffnungsvoll auf Farmer wartet. Wie lange es dauert und wann es so weit ist, das weiß hier niemand. Wir geben die Warterei auf und verschieben den Plan auf die nächste Saison.

Gegensätzliche Welten in Washington

Mehr als anderthalb Wochen reise ich nun im Van. Zwar hat sich damit die Unterkunftsproblematik gelöst, jedoch möchte das Gefühl, das ich beim Reisen mit dem Fahrrad hatte, sich nicht mal annähernd einstellen. Zwar kam ich nur langsam vorwärts und musste täglich mit einigen Herausforderungen umgehen, aber dafür nahm ich die Umgebung sehr viel intensiver wahr, fühlte mich frei und erlebte die Nähe zu Menschen und Natur. Ich war jederzeit Gefahren ausgesetzt und hinter jeder Ecke steckten Abenteuer, Überraschungen und Lektionen. Ohne das Rad fehlt die wichtigste Komponente des Reisens. Es ist nicht mehr meine, sondern irgendeine Reise. Vielleicht ist die

Reise auf dem Klapprad das Sinnbild für das wahre, lebenswerte Leben, wo es einfach nur darum geht, mutig zu sein und sich ins Unbekannte zu stürzen. Nun sehnen sich Körper und Seele nach dem verloren gegangenen Gefühl. Zudem lehrte mich die Reise in den letzten Monaten eine Sache: In weiter Zukunft - in fünf, zehn oder mehr Jahren - werde ich kaum an Ausgaben, sondern an Momente, Gefühle und einzigartige Erlebnisse zurückdenken, die ich erfahren durfte. Nicht später, nicht irgendwann mal: Das Hier und Jetzt, das ist es, was zählt.

Bei Burger und Bier in einer von vielen Brauereien Portlands teile ich meine Gedanken mit Harald, der mir zustimmt. Ohnehin verbleiben ihm nur wenige Tage bis zur Rückreise nach Deutschland.

»Wie wollen wir das Fahrzeug so schnell loswerden?«, fragt er ratlos.

»Keine Ahnung. Online inserieren? Oder einem Händler anbieten. Irgendwie nimmt es uns schon jemand ab.«

Während wir grübeln und im Handy nach Möglichkeiten recherchieren, werde ich Ohrenzeuge eines Gesprächs am Nachbartisch, von einer Gruppe junger, deutscher Mädels.

»Letzte Woche angereist … USA krasser Kulturschock … meine Mitbewohner gehen gar nicht … ich brauche unbedingt ein Auto …« Der Moment, in dem ich eingreife.

»Hey! Ich bin Cem. Möchte euch nicht stören, habe aber zufällig mitbekommen, dass du ein Auto brauchst.«

Verdutzt über die deutsche Anrede und den unerwarteten Besuch, streckt sie zögerlich ihre Hand zur Begrüßung aus.

»Hallo! Ich bin Caro«, stellt sie sich vor. Timing ist alles im Leben. Besser können sich Angebot und Nachfrage gar nicht finden.

Schnell rücken Tische zusammen, Gespräche nehmen Fahrt auf. Offen und ehrlich kläre ich Caro über den Zustand des Fahrzeugs auf, um ihr Vertrauen zu gewinnen. Bei der anschließenden nächtlichen Probefahrt in und um Portland herum kann sie sich letzten Endes selbst vom guten Zustand der nicht so schönen Goldbüchse überzeugen.

»Okay! Von außen ist er zwar nicht mein Fall, aber ich kaufe ihn. Ich vertraue euch, dass ihr mir keinen Schrott andreht.«

»Du hast meine Nummer. Ruf mich an, wenn das Auto dir Ärger bereitet. Für deine Studienzeit von sechs Monaten in den USA garantiere ich dir eine sorgenfreie Zeit.«

Vielleicht lehne ich mich etwas zu weit aus dem Fenster, doch nach dem Getriebeschaden verpassten wir dem Odyssey einen Rundum-Sorglos-Check, der erst einmal kein Kopfzerbrechen verursachen sollte.

48 Stunden später, Tag des Abschieds. Honda an Caro, Harald an Lufthansa abgegeben, springe ich wieder auf mein Fahrrad. Motivierter als zuvor, stärker als jemals, mache ich mich auf den Weg Richtung Norden, nach Seattle.

Man könnte glauben, im Gegensatz zu Südamerika wäre Fahrradfahren in den USA ein entspanntes Unterfangen: Das ist ein Irrtum. In Süd- oder Mittelamerika gehören Menschen, Tiere oder Fahrradfahrer zum Straßenbild, man umfährt sie, auch wenn es bis zum letzten Moment nicht danach aussieht. In den USA dagegen heißt es: Linie vor Leben. Unter keinen Umständen überqueren Fahrer auf einer zweispurigen Straße die beiden mittig durchzogenen Linien, lieber nimmt man in Kauf, Fahrradfahrer über den Haufen zu fahren.

Trotzdem treibt mich die Euphorie an diesem Tag 170 km

voran, bis in den Bundesstaat Washington. In Chehalis, der Heimat meiner Gastgeberin Sarah, erscheint es unmöglich, die politische Orientierung der Bevölkerung zu übersehen. Donald-Trump-Banner schmücken Vorgärten von Grundstücken und verdeutlichen, auf welchem Territorium man sich bewegt. Gleiches Bild in Restaurants und Pubs.

»Hohe Arbeitslosenquote«, klagt der Kassierer an der Tankstelle und hofft auf den wirtschaftlichen Aufschwung mit Trump. Ob der wohl kommt?

Nach einem kurzen Abend nehme ich am nächsten Tag Kurs auf Tacoma, anschließend Seattle. Die größte Stadt des Bundesstaates Washington heißt mich gleich bei Ortseinfahrt mit einem 100-Dollar-Schein auf der Straße willkommen. Ob einem im Geburtsort von Starbucks, dem Hauptsitz von Microsoft, Amazon und Boeing wohl das Geld einfach so geschenkt wird? Das glaube ich kaum. Doch durch das europäische Klima, die lässige Atmosphäre und eine aufgeschlossenere Willkommenskultur, im Vergleich zum Süden der Westküste, wirkt die Stadt, welche von Wasser, Bergen und immergrünen Inseln umgeben ist, unerwartet einladend.

Erste Couchsurfing-Anfrage, erster Treffer. Antonio, Anfang 30, mexikanischer Herkunft, lebt und arbeitet als Mechaniker südlich von Downtown Seattle. Sein Traum: eine Fahrradreise entlang der Westküste Amerikas bis nach Mexiko. Dafür steckt er seit sechs Monaten in Vorbereitungen, weitere fünf Monate soll es dauern, bis sich die Pedale drehen. Er ist strukturiert, organisiert und scheint alles bis ins kleinste Detail durchdacht zu haben - bis ich aufschlage. Seine offene, gastfreundliche Art lässt mich über die unaufgeräumt chaotische 15-qm-Einzimmerwohnung hinwegschauen. Aus dem Keller zaubert er eine alte Matratze, positioniert diese an das andere Ende des Zimmers und stellt eine Trennwand zwischen beiden Schlafplätzen auf.

»Manchmal schnarche ich etwas laut«, warnt er mich. Vorsichtshalber krame ich die Ohropax aus dem Rucksack, die auf keiner Reise fehlen dürfen. Licht ausschalten und ins Bett legen ist für Antonio der Beginn der Fragestunde:

»Wie viel Gepäck hattest du zu Beginn?«

»Wie viel Liter Wasser hast du am Tag getrunken?«

»Wie viel Ersatzschläuche sollte ich mitnehmen?«

»Was ist mit Werkzeug?«

Während Antonio um drei Uhr morgens den Höhepunkt des Q&As erklimmt, reagiere ich nur noch verzögert im Halbschlaf.

Es braucht eine halbe Nacht und weitere zehn Stunden, bis er seine Planung über Bord schmeißt und die Kündigung in der Werkstatt einreicht. Nicht erst in fünf Monaten, sondern in zwei Wochen soll sein Abenteuer in den Süden starten.

Ich breche in die entgegengesetzte Richtung auf, nach Kanada. Nicht auf dem Landweg, sondern über Bainbridge Island und weitere Inseln vor der Space-Needle-Stadt nehme ich mit dem Fahrrad Kurs auf das flächenmäßig zweitgrößte Land der Erde.

Für die 30-minütige Fährfahrt signalisiert das Sicherheitspersonal der Fähre mir und einer weiteren Fahrradfahrerin bis zum anderen Ende durchzufahren und dort die Fahrräder sicher am Geländer mit Ketten zu befestigen.

Anja ist Anfang 30, Software-Entwicklerin und lebt bei ihren Eltern auf Bainbridge. Heute brachte sie ihren letzten Arbeitstag hinter sich. Sie bereitet sich auf das Digitale Nomaden-Leben vor.

»Diese Woche noch, dann geht's nach Kolumbien, Tahiti und für mehrere Monate nach Bali«, erzählt sie aufgeregt.

Wir legen auf Bainbridge an.

Vor drei Stunden habe ich noch gegrübelt, wo ich wohl die Nacht verbringen werde, jetzt genieße ich bei einem Stück Rhabarber-Kuchen und einem Kaffee den Blick auf Downtown Seattle vor der Fensterfront im Wohnzimmer der Villa von Anjas Eltern - wo ich heute übernachten werde. Ihr Vater – Holländer, Vorstandsmitglied bei Amazon – und ihre Mutter – deutscher Herkunft – empfangen mich herzlich, führen mich durch das riesige Haus mit eigenem Strand und Wasserzugang. Ich denke kurz an das 8-Bettzimmer eines Hostels in Peru, in dem ich vor ein paar Wochen geschlafen habe – ohne Fenster, ohne Belüftung – und nun bin ich hier, in einer luxuriösen Villa vor den Toren Seattles.

Diese Reise führt mich nicht nur durch fremde Länder und Kulturen, sondern ebenso durch sehr gegensätzliche Welten.

Des Weiteren erlange ich durch das Insel-Hopping die Erkenntnis, dass von Wasser umgebene Menschen völlig anders sind: aufgeschlossen, herzlich, hilfsbereit, entspannt und offener gegenüber Fremden. Was ich vorfinde, hat wenig mit dem Amerika zu tun, das ich in den letzten Wochen kennengelernt habe. Menschen schnappen mich auf der Straße auf, nehmen mich mit zu sich nach Hause, zu Familien und Freunden.

Im verschlafenen Örtchen Port Townsend dreht sich die Welt bei Gastgeber Jeff, wie auch nicht anders zu erwarten, um Hanf, Marihuana und Cannabis. Jeff konsumiert und baut Cannabis nicht nur an, er sieht in der Hanfpflanze den Heilsbringer der

Welt. »Es ist heilig und unschädlich. Ich kämpfe dafür, dass es in den gesamten USA legalisiert wird«, erklärt er überzeugt.

Im Vorgarten seines lila bemalten Holzhauses beherbergt Jeff in zwei auf Ziegelsteinen platzierten, verrosteten Campern - die bereits mehrere Jahrzehnte auf dem Buckel haben - weitere Couchsurfer. Mein Schlafplatz legt er gleich nach meiner Ankunft fest. »Du darfst im Haus schlafen, ich mag dich«, und läuft in Regenbogenkleidung in sein Marihuana-Chateau. Hanfbrot, Hanfmilch, Hanfmüsli … Wer in der Küche nach bekanntem Supermarkt-Sortiment Ausschau hält, sucht vergebens. Selbst Handtücher, Vorhänge, Decken, Bilder, Teppiche, T-Shirts und vieles mehr schmücken Sprüche, Zeichnungen und Sketches der »heiligen« Pflanze. Jeff führt mich ins Wohnzimmer.

»Nimm Platz! Ich möchte dir meinen selbstgedrehten Film zeigen, bin auf deine Meinung gespannt.«

Bei orientalischer Einrichtung, mit Sitzkissen auf dem Boden und von der Decke herabhängenden Leinentüchern, herrscht bereits die perfekte Atmosphäre für die Märchenstunde von Tausendundeiner Nacht. Natürlich darf der Hanftee nicht fehlen, Jeff bereitet ihn frisch zu.

»Wovon handelt der Film?«, frage ich.

Er erzählt, dass viele unschuldige Menschen seit Jahrzehnten in amerikanischen Gefängnissen sitzen. Der Grund dafür sei der Marihuana-Konsum vor gut zwanzig Jahren. Jedoch änderte sich in den vergangenen Jahren die Gesetzeslage, unter anderem legalisierten Bundesstaaten wie Oregon, Colorado oder Washington den Gebrauch der »Wunderpflanze«. Jedoch blieb dies ohne Auswirkungen auf die Haftdauer der Menschen.

Mit seinem Film demonstriert Jeff gegen die amerikanische

Regierung, für die Freilassung dieser Menschen. Und zwar überall dort, wo sie präsent ist. Vor dem weißen Haus in Washington DC, in Fernsehinterviews oder auf Politikveranstaltungen, wo er in auffälliger bunter Kleidung mal allein, mal in kleinen Gruppen lautstark auftaucht.

Im Ton immer respektvoll, eine Art bunter Vogel, mit Eigenschaften eines nervigen Wadenbeißers und mit trockenem Humor, weiß man nicht genau, in welche Kategorie man ihn einordnen soll. Im Gespräch mag es Jeff gar nicht, wenn ich Marihuana als Droge bezeichne, der Begriff der Pflanze oder Wunderpflanze sei hier die angebrachte Vokabel, korrigiert er mich. Das Gefühl für Zeit scheint ebenso nicht zu seinen Stärken zu gehören. Nach etwa 90 Minuten, mittlerweile mit schweren Augenlidern und über drei Kissen ausgebreitet, frage ich:

»Wie lange dauert der Film eigentlich?«

»Noch 80 Minuten!«

Der Zeitpunkt, an dem ich den Kampf gegen den Schlaf verliere.

Endlich in Kanada!

Auf dem Highway 101, zwischen Port Townsend und Port Angeles, lege ich den letzten Streckenabschnitt auf amerikanischem Boden zurück, bevor es mit der Fähre nach Vancouver Island, Kanada, geht.

Nach 90 Minuten Fahrtdauer marschiere ich samt Fahrrad und Gepäck von Bord der Black Ball Ferry Line. Vorstellungen über Kanada hatte ich bisher wenig, keine Ahnung, was mich hier erwartet.

Ohne irgendeinen Plan oder eine Anlaufstelle passiere ich die Passkontrolle der freundlichen Grenzpolizisten am Hafen von Victoria, setze mich auf eine der vielen Bänke am Wasser, von wo aus ich das asiatische Touristentreiben mit Selfiesticks bestaune. Im Internet recherchiere ich nach möglichen Aktivitäten in Victoria und stoße dabei auf ein Event: »Acro Yoga mit Zeb und Zoe«, Beginn: 19 Uhr. Genauer gesagt, in etwa 60 Minuten. Yoga ist mir ein Begriff und ich habe es bereits mehrere Male praktiziert, doch mein Wissensstand in Sachen Acro Yoga liegt auf Nullniveau. Egal, auch wenn Zeb und Zoe zwei Stunden lang unsinnige Dinge mit mir fabrizieren, wird sich mit Sicherheit der ein oder andere Kontakt ergeben.

19 Uhr. Freier Eintritt zur Yoga-Schule-Victoria, neben mir betreten noch vierzehn weitere Acro-Yoga-Begeisterte den Übungsraum. Die Vorstellungsrunde beginnt:

»Hallo zusammen, ich bin Cem. Heute in Victoria angekommen. Reise mit dem Klapprad von Brasilien nach Kanada.«

Eine weitere wichtige Erkenntnis der Reise:

Angekommen in einer fremden Stadt, einem fremden Land, erzähle wildfremden Menschen deine Geschichte, schon öffnen sich alle Türen. Acro Yoga verhilft sogar nicht nur zu verbalen, sondern auch zu aktivem Körperkontakt und funktioniert folgendermaßen: Ein Partner bildet die Base - Basis oder Boden - und liegt mit in die Luft gestreckten Beinen auf dem Boden. Seine Fußsohlen bilden die Auflagefläche für den zweiten Partner, den Flieger.

Dieser legt sich in der Ausgangsstellung mit dem Becken auf die Fußsohlen der Basis, streckt Arme und Beine aus und darf erstmal frei wie ein Vogel die Aussicht genießen. Von hier aus werden physisch nahezu unmögliche Übungen à la Zirkus Roncalli ausgeführt.

Was zunächst unmöglich erscheint, wird bereits nach wenigen Minuten widerlegt. Als Base lasse ich meine Partner stretchen, biegen und fliegen. Nach einem Rollentausch komme ich ebenfalls in den Genuss der Schwerelosigkeit.

Nach dem Kurs schnappen mich Zeb und Zoe, das junge Trainerpärchen, und nehmen mich mit zu sich nach Hause. Auf ihrem Mikro-Bauernhof mitten in der Stadt, mit selbst angebautem Obst, Gemüse und ihren Hühnern, haben sich die beiden ländlich eingerichtet. Das Gefühl, sich in einer Stadt aufzuhalten, will hier nicht wirklich aufkommen. Erst als ich den Fuß vor die Tür setze, nehme ich die Welt wahr, die mich umgibt.

»Wie weit möchtest du radeln?«, fragt Zeb bei frisch zubereitetem Kaffee am frühen Morgen.

»Einen Plan habe ich nicht. Weit in den Norden von Kanada. Vielleicht sogar nach Alaska«, antworte ich, mit dem Bewusstsein, dass es dafür bereits zu spät ist. Es herrscht Spätherbst, der Norden weist schon winterliche Bedingungen auf, meine Ausrüstung ist nur bedingt für diese Verhältnisse geeignet.

Zeb studiert in seinem Handy die Wetterkarte von Kanada.

»Was hältst du von Banff und Jasper? Die Orte mit Nationalparks in den Rocky Mountains gehören zu den schönsten Landschaften Kanadas. Für das Zeitfenster von zwei Wochen meldet die Karte noch gutes Wetter, bevor der Winter einbricht.«

Vielleicht die letzte Möglichkeit, auf dem nordamerikanischen Kontinent Fahrrad zu fahren. Ich überzeuge mich selbst von beeindruckenden Bildern der Nationalparks und fälle just die Entscheidung.

Zeb, der ursprünglich aus dem Bundesstaat Alberta stammt, welcher zugleich die nördlichen Rocky Mountains beheimatet, aktiviert seinen Freundeskreis und baut regelrecht eine Brücke von Kontakten und Unterkunftsmöglichkeiten entlang des Weges für mich auf.

»Du musst bald aufbrechen, viel Zeit bleibt dir nicht.«

Ich folge seiner Empfehlung, trete am nächsten Morgen 40 km in die Pedale, bis zum nördlich gelegenen Swartz Bay, wo die Fähren zum Festland nach Vancouver ablegen.

Nach nur einer Übernachtung in der berühmten Filmstadt begebe ich mich zum 800 km entfernten, letzten Ziel. Das weite und kaum bewohnte Land sticht durch seine grüne Natur hervor. Eine große Veränderung zum südlichen Nachbarn hatte ich kaum erwartet, doch das Land mit dem parlamentarisch demokratischen Regierungssystem und seinem Staatsoberhaupt Königin Elisabeth II von Großbritannien, lässt eine große kulturelle Nähe zu Europa erkennen. Zwar wird Kanada immer wieder in einem Atemzug mit den USA erwähnt, doch außer der Landesgrenze haben die beiden Länder wenig Gemeinsamkeiten. Auch die Menschen, denen ich auf meinem Weg begegne, fühlen sich kulturell und mental dem europäischen Kontinent zugehörig. Herzlich nehmen sie mich auf, versuchen, meine Weiterreise so angenehm wie möglich zu gestalten und bieten mir ihre Hilfe an.

Angekommen in Banff erstaunt mich der chinesische Tourismus. In Campern, Bussen und anderen größeren Urlaubsmobilen, die sich nur schlecht steuern lassen, scheint der Chinese die kanadischen Rockies für sich entdeckt zu haben. Ein Fahrradfahrer samt Gepäck löst in ihm vergleichbare Aufregung aus, wie einen Grizzlybären in der Wildnis entdeckt zu haben, den er unbedingt mit seiner Kamera festhalten möchte. Dass er währenddessen am Steuer eines Viertonners sitzt und mich beinahe überfährt, scheint ihn wenig zu stören.

Eine weitere Erkenntnis dieser Reise, vor allem in Kanada, lautet: Wenn du Hilfe brauchst, sagen wir mal, weil das Fahrrad es nicht zum nächsten Ort schafft, wende dich nicht an einen Touristen, denn dieser ist schon mit den Herausforderungen des Reiselandes ausgelastet. Sprache, Verkehr, Währung, Essen oder Orientierung gehören zu den täglichen Aufgaben, mit denen er kämpft. Eine Ansprache auf der Straße durch einen Fremden stellt für ihn regelrecht eine Gefahr dar. Gerne ignoriert er einen oder blockt ein Gespräch gleich zu Beginn ab. Seine Gedanken stehen ihm regelrecht auf die Stirn geschrieben: »Was will der von mir? Bestimmt will er mir was andrehen oder hat es auf mein Geld abgesehen. Von dem lass ich mir meinen Urlaub nicht versauen.« Nein, lieber Tourist, keine Angst, nicht jeder will dir eine gefälschte Louis-Vuitton-Tasche andrehen oder hat es auf deinen Geldbeutel abgesehen. Es existieren auch Menschen, die in Not geraten und tatsächlich auf Hilfe angewiesen sind.

Also in Notsituationen immer an die Einheimischen wenden.

Die Distanz zwischen Banff und Jasper beträgt 300 km.

Die verbleibenden drei Tage bis Wintereinbruch und Eiseskälte bedeuten für mich, dass ich in der bergigen Landschaft einen täglichen Streckenabschnitt von 100 km zurücklegen muss. Doch die Nächte und die frühen Morgenstunden weisen bereits einstellige Minusgrade auf. Mit Mütze, Handschuhen und Schal aus dem Secondhandshop rüste ich mich gegen die Kälte auf dem Weg in den Norden aus. Immerhin, meine ganzen Klamotten am Körper statt im Gepäck, verhelfen mir zu leeren Taschen.

Um 6 Uhr, bei -7° C, rollen die Räder vom kleinen Örtchen Banff in Richtung Highway 93, der Verbindungsstraße nach Jasper. Es ist der kälteste Tag der Reise. Mit Eiszapfen im Oberlippenbart, gefrorenen Fingerkuppen und Zehen versuche ich bei strahlend blauem Himmel zügig in die ersten Sonnenstrahlen des Tages hineinzufahren, um mich aufzuwärmen.

Kurz nach Verlassen der Ortsgrenzen folgen in regelmäßigen Abständen Hinweisschilder, die vor der Wildnis warnen:

»Caution, bear area«,

»Caution, bear country«,

»Feeding wildlife is illegal«,

»All bears are dangerous. Stay in your vehicle, if bears are encountered.«

Letztes dürfte auf dem Fahrrad schwer umzusetzen sein. »Verhalte dich ruhig und mache keine hektischen Bewegungen, vor allem, wenn ein Jungtier dabei ist«, empfahl mir ein Kanadier. Bei Bären soll man die Arme hochreißen und sich groß machen, heißt es in der Touristeninfo. Klingt alles nach einer recht breiten Palette an Verhaltensmustern. Meine Strategie hingegen lautet: Hoffnung! Hoffen, dass mir eine unangenehme Begegnung erspart bleibt. Während die Gedanken um Bären und ihre Dimensionen kreisen, treten die Beine kräftiger in die Pedale und heizen meinen Körper allmählich auf. Erst jetzt fällt mir auf, welch eine beeindruckende Natur ich durchquere. Eine Traumlandschaft wie aus dem Märchenbuch. Auf beiden Seiten der Straße ziehen sich sanfte, malerische Bergketten und Gletscher entlang, als hätte die Natur selbst die Straße dazwischen eingebettet. Vor den Bergen liegt eine unendliche Weite von Nadelwäldern, mal in sattem Grün, dann wieder in faszinierend herbstlichen Farben. Zu guter Letzt das Wasser: Ein türkisblauer Gletscherfluss und schimmernde Seen begleiten parallel zur

Straße meine Fahrt zum ersten Stopp, dem Lake Louise. Dieser fast schon surreale See mit Gletschern im Hintergrund besticht durch ein Farbpanorama und eine Kulisse, die seinesgleichen sucht. Wenn man Fotos mit Postkartenqualität schießen möchte, führt kein Weg am Lake Louise vorbei. Zu schön um wahr sein. Am besten schlägt man hier in den frühen Morgenstunden auf, sonst ist alles von chinesischen Touristen bevölkert.

Doch dies ist nur der Beginn des Icefield Parkways, der am Lake Louise startet und sich über 230 km bis nach Jasper erstreckt. Was folgt ist wahrlich ein Naturspektakel. Elf Länder und unzählige spektakuläre Landschaften durfte ich in den letzten neun Monaten bestaunen: Dschungel, Vulkane, Regenwälder, Sumpfgebiete … Ein Gefühl der Sättigung stellte sich allmählich in mir ein. Selbst daheim, in München, faszinierten mich Berge immer wieder aufs Neue, doch die kanadischen Rocky Mountains wecken mit ihrer atemberaubenden Natur das Kind in mir und lassen mich staunen wie keine andere Landschaft. Mit Bow Lake, Peyto Lake, Mistaya Canyon, den tosenden Athabasca Wasserfällen und dem Columbian Icefield, welches das Nährgebiet der umliegenden Gletscher darstellt und mittlerweile als größte Eisfläche unterhalb des Polarkreises gilt, jagt ein Gemälde das nächste. Die Kamera im Dauerbetrieb, halte ich die einzigartigen Eindrücke fest.

Unterkünfte entlang des Highway 93 und dem Icefield Parkway sind knappes Gut und nichts für den schmalen Taler. Wer für seinen Urlaub ein Dach über dem Kopf wünscht, sollte sich weit im Voraus Plätze sichern. Für Kurzentschlossene wie mich bleibt nur noch die Zeltvariante bei Minusgraden, mit der Möglichkeit eines Rendezvous mit Bären oder einfache

Jugendherbergen mit Schlafpritschen in Holzhütten ohne Strom und Wasser. Für mutige Duschbedürftige bietet sich das Gletscherwasser an. Jedoch ist Vorsicht geboten, denn diese Wassertemperaturen garantieren Schnappatmung. Reservierungen oder Buchungen für diese einfachen Unterkünfte im Voraus sind nicht möglich, nur eine Handvoll dieser Art existieren hier. Wer zuerst kommt, malt zuerst. Glücklicherweise hält sich die Nachfrage heute in Grenzen. Für 20 verfügbare Betten laufen gerade mal vier Personen ein, die sich am Abend in der einzigen Attraktion der Herberge zusammenfinden: der Sauna. In einer etwa vier Quadratmeter großen Holzhütte, die an die Schlafhütte grenzt, heizt und pfeift der glühende Kessel so stark, als würde er im nächsten Augenblick durch die Decke schießen. Sorgen brauchen wir uns keine zu machen, klärt uns der Ranger auf, der ebenfalls dazugestoßen ist und als erster zur Abkühlung den Gang in den eiskalten Fluss wagt. Ich und drei weitere Reisende aus Australien folgen ihm bei sternenklarem Himmel und Eiseskälte.

Die letzte Etappe

6 Uhr. Der Kalender zeigt den 01.10.2017 an. Ich räume die Schlafpritsche, packe meinen Schlafsack zusammen und befestige das Gepäck am Fahrrad. Die zwei Schichten an Jacken, darunter ein Pullover und ein T-Shirt an meinem Körper sind seit Tagen reif für die Waschmaschine. Um Hose, Socken und verbliebene restliche Kleidungsstücke steht es nicht anders. Ich öffne die Tür, schiebe das Fahrrad heraus in den leichten Nebel und betrete den frostigen Boden. Ein eisiger Wind weht mir entgegen, der sofort unter die Haut geht. Noch bevor ich Mütze und Handschuhe anziehen kann, breitet sich die Kälte in meinem Körper aus. Ich biege auf die etwa 50 m entfernte Hauptstraße ab, dem Icefield Parkway.

Ein leichter Anstieg und ein ebener Abschnitt erwarten mich auf der heutigen Etappe nach Jasper. Der Wetterbericht meldet für heute den letzten Sonnentag, bevor die Temperaturen in zweistellige Minusbereiche rutschen und Schneefall angekündigt ist. Es sind die letzten 80 km, die letzte Fahrt, der letzte Reisetag. Über die Kopfhörer meines MP3-Players höre ich den Gitarrenklängen von Jose Gonzalez zu, lasse mich von der Musik und der Umgebung treiben. Sie war auf der gesamten Reise ein treuer Begleiter und Motivator und brachte mich des Öfteren zum Träumen, Weinen und Nachdenken. Die Kälte und meine müden Beine rücken in den Hintergrund. Intensiv verspüre ich meine Atemzüge, gebe mich der Umdrehung meiner Pedale hin. Immer wieder fahre ich freihändig, lasse den kalten Wind über das Gesicht streifen. Für wenige Sekunden schließe ich meine Augen, kehre in mich. In diesen Augenblicken spielen sich die Momente dieser unvergesslichen Reise wie ein Film in meinen Gedanken ab. Die Zeit mit Kelson, die Schießerei in Brasilien, die beeindruckende Wildnis des Pantanal, die sattgrüne Landschaft des Amazonas, Hürden, Hindernisse und eine belebende und von Freiheitsgefühlen dominierte Zeit auf dem Klapprad. Mehr als 4500 km waren es am Ende, die ich auf dem Sattel verbrachte. Mit Höhen und Tiefen liegt die mit Abstand bedeutendste, spannendste und lehrreichste Zeit meines bisherigen Lebens hinter mir. Alles erinnert mich ein wenig an meine Kindheit. Damals bin ich voller Mut und Tatendrang gewesen, meine Neugier hat mich angetrieben. Jeder Tag, jeder Augenblick ist ein Abenteuer gewesen. Täglich habe ich neue Dinge entdeckt und viel über mich und das Leben gelernt. Doch mit den Jahren, je älter ich wurde, gingen diese Momente verloren.

Abenteuerliche Entdeckungen wurden zur Seltenheit. Die Schule, die Ausbildung, das Erwachsenwerden, die Menschen, die mich umgaben: Unbewusst formten und beeinflussten sie mich, unbewusst passte ich mich an. Aber die Reise auf dem Klapprad, sie machte wieder ein bisschen Kind aus mir. Sie rief all die Momente und Interessen, die mich einmal ausgemacht hatten, wieder hervor und spürte Verborgenes auf. Ich lernte wieder zu staunen, verrückte Ideen zu haben. Je verrückter sie für andere klangen, umso mehr hielt ich an ihnen fest. Ich verstand, dass sich auf ungewöhnlichen Pfaden die wahren Schätze des Lebens verstecken. Menschen fragten mich vor der Reise, wonach ich suche. Der Begriff des Suchens klang negativ, als würde ich nicht wissen, was ich mit dem Leben anfangen sollte. Sie wurde als der wahre Grund der Reise verstanden, was mir nicht gefiel. Doch heute weiß ich: Mit jedem Augenblick des Suchens begegnete ich neuen Dingen und Menschen. Es erlaubte mir den Zugang in eine Welt, von der ich hätte nur träumen können. Suchen bedeutet nun Begegnen.

Ich lernte, die Angst abzulegen, gab ihr gar nicht erst die Möglichkeit, aufzukommen und verstand es, sie durch Mut zu ersetzen. Ich lernte, vor Freude zu tanzen, jeden Tag etwas Neues zu entdecken, der Routine aus dem Weg zu gehen, wach zu sein, alles um mich herum wahrzunehmen und mit unvorhersehbaren Situationen umzugehen. Ich verstand die Bedeutung der Zeit, wie unaufhaltsam sie an mir vorbeizog. Ich lernte, mit den Gedanken weder in der Vergangenheit noch in der Zukunft zu leben, fokussierte mich einzig und allein auf das Hier und Jetzt. Denn nur der Moment zählte, nur ihn konnte ich bestimmen, erfahren und erleben. Ich lernte, dass erst die Möglichkeit, einen

Traum, ein Ziel oder einen Wunsch zu verwirklichen, das Leben lebenswert machen.

»Welcome to Jasper«

Das Ortsschild signalisiert mir die Ankunft am letzten Zielort. Die letzten Stunden auf dem Fahrrad zogen wie im Flug an mir vorbei. Der Körper in Aktion, versuchten meine Gedanken die vergangenen Monate so gut es ging zu verarbeiten. Sicherlich wird es noch einige Zeit brauchen. Wochen, vielleicht Monate. Ich steige von meinem Fahrrad ab. Mein Innerstes voller Stolz und Selbstbewusstsein, meine Augen voll Tränen.

Ich blicke zurück. Der gesamte Weg von Kanada bis Brasilien erscheint mir vor Augen. Daneben die Menschen, die mich auf dieser Reise begleiteten, denen ich begegnete. Ich schaue genauer hin. Meine Blicke wandern durch die majestätischen Gebirgsketten vor Jasper. In diesem Augenblick bemerke ich, dass insbesondere eine Begegnung auf dieser Reise von nun an mein Leben verändern würde - die Begegnung mit mir selbst.

Danksagung

Ich möchte mich an dieser Stelle bei allen Menschen bedanken, die mich bei der Entstehung dieses Buchs unterstützt haben.

Zunächst richtet sich mein besonderer Dank an Uli und Ramona Pingel vom »Wenn Nicht Jetzt Verlag« für die Aufnahme in den Kreis der Autoren und ihr entgegengebrachtes Vertrauen. Meiner Lektorin Ramona Pingel danke ich herzlichst für die zahlreichen Korrekturschleifen, die Bilderauswahl und den Feinschliff meines Textes.

Marie Becker verdanke ich das wunderschöne Coverdesign und die Überarbeitung der Bilder.

Meinen Freunden Felix Schmidt, Julia Kuch, Kim Barnstorf, Patricia Seemueller, Fabian Friedl und Theresa Mildner danke ich für das wertvolle Feedback und das Ausmerzen von Unklarheiten und Fehlern.

Mein größter Dank geht an meine Freundin Alev Arslan, die sich während der Entstehung diese Buches unermüdlich meine Texte anhörte, stets mit wertvollem Input zur Seite stand und mich immer wieder aufs Neue motivierte.

Über den Wenn Nicht Jetzt-Verlag

Wir hatten die verrückte Idee, alles abzubrechen und einfach loszufahren – der Freiheit und dem Abenteuer entgegen! 13 Monate lang sind wir mit dem Wohnmobil durch Europa gereist, und es hat sich als die beste Entscheidung unseres Lebens herausgestellt. Der Wenn Nicht Jetzt-Verlag wurde schließlich am Lagerfeuer, an einem Strand auf Sizilien gegründet. Wir saßen mit Freunden unter dem Sternenhimmel und philosophierten über die „wirklich wichtigen Dinge" im Leben; über Unabhängigkeit und Selbstbestimmtheit, über Mut, Veränderung und das Gute Leben. Und darum soll es auch in unseren Büchern gehen: Wir möchten von Menschen erzählen, die etwas gewagt haben, die aufgebrochen sind in ihr eigenes, persönliches Abenteuer und verwandelt zurückkamen.

Komm mit uns auf Reisen und lass dich anstacheln, selbst den Mut zu einer (kleinen) Auszeit oder gar einem Neustart zu finden. Schau doch mal auf unserer Seite www.wnj-verlag.de vorbei und steck dich durch spannende, lustige und berührende Geschichten mit dem Reisefieber und dem Drang nach Freiheit an.

Wir freuen uns auf dich!
Ramona & Uli

Ausführliche Infos zu unseren Büchern, den Autor:innen und wie auch du Autor:in werden kannst, findest du unter www.wnj-verlag.de.

Bisher erschienen

»The Van Taste – Ein kulinarischer Roadtrip mit dem Camper durch Europa« (dt. + engl.)
von Victoria Lommatzsch

Ein Kochbuch mit über 80 Rezepten, die speziell an die Camperküche angepasst wurden, spannender Reisegeschichten aus Europa, Inspirationen für die eigene Reise sowie Tipps und Tricks zum Thema Packliste, Nachhaltigkeit und vielem mehr. Ein Must-have für jeden Vanlifer!

»Happy Road – Dem Weg ist das Ziel egal«
von Sarah Kringe

Wie ist es, wenn man mit dem neuen Partner, den man eigentlich kaum kennt, auf drei Quadratmetern zusammenlebt? Eine Pressereferentin aus Berlin und ein Skilehrer aus den österreichischen Bergen haben es ausprobiert und sind sieben Monate in einem umgebauten Transporter durch Europa gereist.

»Der Ausbau-Ratgeber für die Vanküche – Leitfaden für Selbstausbauer«
von Victoria Lommatzsch

Absorberkühlschrank oder Kühlbox? Wie groß sollte mein Frischwassertank sein? – Gerade der Einbau der Küche in einen Van ist knifflig und bedarf zahlreicher Vorüberlegungen. Die Autorin gibt detaillierte Hilfestellungen, um Selbstausbauern diesen komplexen Teil so leicht, kostengünstig und individuell wie möglich zu machen.

»Herz schlägt Kopf – Wie ich mit meiner Familie um die Welt reiste, um das Glück zu finden«
von Romy Schneider

Es muss sich dringend etwas ändern, beschließt Romy und kann ihren Mann und ihre kleine Tochter von einer Auszeit auf Weltreise überzeugen. Sie kündigt ihren Job und die kleine Familie reist vier Monate lang durch die Paradiese dieser Erde. Die Autorin erzählt nicht nur von den spannenden Abenteuern, die sie erleben, sondern auch davon, wie sie rausfand, was sie wirklich glücklich macht.

»Auszeit Storys – 11 inspirierende Geschichten über den Aufbruch zu einer längeren Reise«
von Ramona Krieger & Ulrich Pingel

Absorberkühlschrank oder Kühlbox? Wie groß sollte mein Frischwassertank sein? – Gerade der Einbau der Küche in einen Van ist knifflig und bedarf zahlreicher Vorüberlegungen. Die Autorin gibt detaillierte Hilfestellungen, um Selbstausbauern diesen komplexen Teil so leicht, kostengünstig und individuell wie möglich zu machen.

»Abenteuer Vanlife – 11 Roadtrip-Geschichten über Fernweh, Freiheit und das Leben im Camper«
von Carla Vollert

Es muss sich dringend etwas ändern, beschließt Romy und kann ihren Mann und ihre kleine Tochter von einer Auszeit auf Weltreise überzeugen. Sie kündigt ihren Job und die kleine Familie reist vier Monate lang durch die Paradiese dieser Erde. Die Autorin erzählt nicht nur von den spannenden Abenteuern, die sie erleben, sondern auch davon, wie sie rausfand, was sie wirklich glücklich macht.

»GO REMOTE! – Ab jetzt ortsunabhängig arbeiten und selbstbestimmt leben«
von Bea Uhlenberg & Jan C. Ollig

Diese drei Bände zeigen dir, wie du deinen Traum von der beruflichen Ortsunabhängigkeit erfolgreich umsetzt. Lass dich von Menschen inspirieren, die bereits den Remote-Lifestyle leben und hole dir wertvolle Tipps und Insights aus erster Hand. Über 80 unterschiedliche Jobs werden ausführlich vorgestellt und du erhältst das nötige Rüstzeug, um sofort loszulegen.

»Holy Bearshit – Eine Abenteuerreise auf der Suche nach den letzten Bären Europas«
von Christian Siry

Der Lebenskünstler Sirius träumt davon, einmal einem Bären zu begegnen. Er macht sich zusammen mit seinem Kumpel Mo und einem alten Camper zu einem abenteuerlichen Roadtrip auf, um in Europas Wäldern nach Bären zu suchen. Der Zufall wird zum unfehlbaren Navigationssystem auf ihrer kuriosen Reise voller verrückter Situationen, skurriler Begegnungen und wilder Naturerfahrungen.

»Auszeit in Wanderstiefeln – 650 km von der Haustür bis zu den Alpen«
von Meike Moshammer

Unerwartet verliert Meike ihren Job. Doch statt deshalb in ein Loch zu fallen, sieht sie es als Chance, sich einen lang gehegten Traum zu erfüllen: von ihrer Haustür bis zu den Alpen zu wandern. 650 km in 31 Tagen legt die Wanderführerin zurück – allein. Was sie auf ihrer Reise alles erlebt und wie sie mit dem Alleinsein umgeht, erzählt die Autorin auf unterhaltsame und witzige Weise.

Printed in Poland
by Amazon Fulfillment
Poland Sp. z o.o., Wrocław

77390919R00120